OTAGES À PERPÉTUITÉ

Jeannine Martigny

OTAGES À PERPÉTUITÉ

Propos recueillis et mis en forme
par Patrick Olaya

Collection « Coup de gueule »

Jean-Claude Gawsewitch Éditeur

130, rue de Rivoli
75001 Paris
www.jcgawsewitch.com
ISBN : 978-2-35013-146-7

À ma mère, à Florence et à Jean-Claude pour leur courage…

Un grand merci à la famille et aux amis pour leur soutien.

Vendredi 30 juin 1978

J'ai d'abord cru qu'ils revenaient… que ça n'en finirait donc jamais. Ensuite, j'ai pensé au retour de mon mari. La loupe du judas déformait un visage visiblement agacé. Derrière, dans le flou, je percevais une forte agitation. J'entendais les mêmes mots pour la deuxième fois de la matinée et, à présent, je m'en méfiais :

– Ouvrez ! C'est la police.

Je ne répondis pas. Tout vibrait en moi, pourtant mes mains ne tremblaient pas. Les secousses venaient de l'intérieur. Mes paupières pesaient des tonnes, mais aucune larme ne s'en échappait. Des gestes désordonnés guidaient mes va-et-vient de pièce en pièce.

– Ouvrez ! C'est la police.

– Non, non ! Je n'ouvre pas.

– Si, madame. Ouvrez ! C'est la police.

Ma mère, figée sur une chaise de la cuisine, cherchait la bouffée d'oxygène qui réussirait à apaiser ses spasmes. Je l'observais sans parvenir à émettre un son.

Les incessants matraquages contre la porte et les mots se voulant rassurants finirent par me faire abdiquer… À peine eus-je appuyé sur la poignée qu'une forte pression me plaqua contre le mur. Arme au poing, les hommes déboulèrent dans l'appartement, de véritables brutes au comportement agressif et au verbe cru.

– Alors ! Il est où ? me demandèrent-ils comme s'ils ignoraient que tout était terminé depuis deux heures.

D'autres hommes se pressaient dans la cage d'escalier. Les uns montaient, les autres, en position de tir, sommaient leurs collègues qui descendaient des étages de s'identifier. Les hurlements sauvages des policiers résonnaient dans tout l'immeuble. Ils se mirent à fouiller partout à l'intérieur, sans le moindre ménagement, sans un soupçon de retenue pour les claquements de portes, sans l'ombre d'une quelconque humanité dans les gestes. Dans leur charabia digne des films les plus noirs, je compris que tout le quartier était bouclé.

Nous étions là, transparentes à leurs yeux, toutes les deux entrelacées, nous isolant ainsi des galops d'une cavalerie aveugle.

Les allées et venues dans l'appartement se calmèrent un peu. Je relevai la tête. Depuis leur entrée fracassante, une odeur de transpiration s'était instantanément ancrée dans l'atmosphère. Elle était d'autant plus pesante qu'elle se mêlait à des effluves d'eau de Cologne censés la masquer.

Les hommes de la brigade de répression du banditisme semblaient visiblement marqués par plusieurs nuits blanches. Ils étaient crispés, agités, énervés, leurs jeans et leurs chemises portaient les stigmates de quelques planques insalubres. L'un d'eux, qui paraissait être le chef, s'avança vers moi.

Je crus un instant à un mot de réconfort de sa part, mais au lieu de cela, il déclencha une rafale de questions. La lenteur de mes réponses le rendait plus impatient encore. Je sentais en lui une retenue pour ne pas exploser davantage. Ses questions n'attendaient pas la fin de mes réponses. Il me présenta des photos. Des photos qui réveillaient en lui une certaine excitation. Je n'allais pas assez vite à son goût, alors il lâcha deux ou trois grossièretés, puis il recouvra son calme. Ses réprimandes m'avaient totalement paralysée, les tempes me serraient, la sensation était épouvantable.

Je posai d'abord mon index sur le portrait de Mesrine. Les présentations avaient été faites. Je le connaissais d'autant plus que mon mari avait déjà croisé son chemin quelques années auparavant… Et puis, en 1978, malgré son talent pour le déguisement, personne n'ignorait qui était Mesrine.

Quant à son complice, ce policier avait beau faire défiler différents clichés d'un même homme, j'étais bien incapable de l'identifier formellement.

– Alors, c'est lui ? C'est lui ?

– Je ne sais pas. Peut-être.

Le chef jeta un regard exaspéré à son collègue le plus proche. Colère et vexation creusaient les rides de leurs visages. Dans un élan de volonté, je parvins enfin à leur en raconter davantage. J'insistai sur le fait que, dans leurs costumes impeccables, ils pouvaient apparaître aux yeux de chacun comme des gens ordinaires. Je leur expliquai notre peur quand Mesrine avait juré toute sa détermination, notre terreur lorsque posément ils avaient sorti leurs armes pour nous convaincre de coopérer dans le calme.

Je leur parlai aussi de la grande assurance de ces hommes. C'était peut-être cela le plus angoissant dans cette affaire. Ils s'étaient comportés comme de grands professionnels du banditisme, sans violence physique et sans vulgarité. Celui que les policiers appelaient « le petit » avait même discuté longuement avec ma fille, Florence, alors âgée de dix ans. Lorsqu'il se tenait près d'elle, j'avais imaginé le pire. Face à l'insupportable situation, je m'étais efforcée de paraître sereine.

Je n'entrevoyais dans les yeux du policier aucune forme de compassion. Il m'écoutait, certes, mais seul l'échec de leur traque de ces derniers jours paraissait l'affecter. Il se contenta de bafouiller des banalités sans réelle conviction :

– C'est terminé à présent, nous sommes là. Tout va bien ! Personne n'a été blessé, votre mari n'a rien, il sera là bientôt. Nous allons leur mettre la main dessus, c'est juste une question d'heures, vous pouvez me croire. Ils n'iront pas bien loin.

Oui, c'était terminé, mais le cauchemar, lui, ne faisait que commencer. Les heures suivantes furent encore plus pénibles. Les services de l'identification judiciaire passèrent l'appartement au peigne fin. Mais ils ne relevèrent aucune empreinte, si ce n'est les nôtres.

Mon mari arriva enfin. Je tombai dans ses bras. Derrière lui, le directeur de la banque s'inquiéta de savoir comment nous allions.

Comment nous allions ? Je l'ignorais au juste ! Nous étions tous sains et saufs ; pour le reste, tout semblait impalpable. Le courant d'air dans l'appartement me fit un bien énorme.

Les premières larmes avaient coulé rue de Brément au retour du lycée où, une heure après que Besse nous eut libérées, j'étais parvenue à me rendre pour confier Florence à la gardienne. L'accumulation du sordide leur donnait une amertume presque écœurante. Mes épaules pliaient sous le poids du désarroi, et je sentais que mes jambes pouvaient se dérober à chaque pas. J'avais laissé Florence chez la concierge de mon lycée ; c'était elle qui, chaque matin, se chargeait aimablement de la conduire jusqu'à l'école primaire. À la seule différence que, ce matin-là, je rentrai à la maison. Ma mère, choquée, se remettait doucement. Quant à Jean-Claude, mon mari, après un passage éclair, il s'était rendu avec son directeur au QG de la police.

Plus tard, il faudrait donner des explications au voisinage, au travail, à l'école de Florence, répéter et ressasser encore et encore les mêmes choses, les mêmes scènes, affronter la curiosité de tous les sans-scrupules qui nous ignoraient encore la veille, répondre aux harcèlements d'une presse assoiffée de sensationnel, supporter les lancinantes sonneries du téléphone, tenter de rassurer les proches et, plus difficile, de se rassurer soi-même. La notion de temps m'échappa.

Comme chaque année, la chaleur des derniers jours de juin adoucissait les tempéraments. Au lycée professionnel, les élèves avaient les pieds en salle de cours, mais leur esprit était ailleurs. Tout comme celui des collègues et aussi le mien. Cet avant-dernier jour de travail abusait quelque peu d'un parfum de relâchement. La fête du lendemain, dont on me confiait l'organisation depuis des années, couronnerait une année scolaire de plus.

Florence, elle, était presque triste de devoir bientôt abandonner pour deux mois ses camarades de classe. Dans un mois, nous partirions pour l'Espagne, là où les morsures de l'été sont plus profondes.

Noisy-le-Sec prenait des allures de banlieue heureuse. Les chemises légères métamorphosaient littéralement les comportements. On prenait le temps de relever la tête, de s'attarder davantage dans le square. Les brèves salutations des jours grisâtres dérivaient vers des bavardages un peu plus loquaces.

Ma mère était arrivée depuis quelques jours de Gironde. Elle venait nous rendre visite plusieurs fois dans l'année, en principe aux environs des vacances scolaires. Elle en profitait pour gâter sa petite-fille et pour passer du temps avec elle. Son récent veuvage lui pesait bien plus qu'elle ne voulait bien l'avouer.

Sa vie de femme de chef de gare l'avait fait voyager, déménager tant de fois. Je gardais de mon enfance des souvenirs d'écoles différentes, défilant au gré des affectations de papa.

Des pinèdes landaises aux coteaux du Médoc, des vignobles de l'Entre-Deux-Mers aux vergers du Lot-et-Garonne, j'avais sans cesse dû retisser des liens de camaraderie sur des terres qui n'étaient pas les miennes.

J'avais terminé mes premières études professionnelles à Agen, avec en poche un diplôme de culottière pompeusement gratifié d'une médaille d'or. À cette époque, je m'étais aménagé, dans une pièce de la maison, un semblant d'atelier me permettant d'effectuer des travaux de couture.

Le hasard des mutations de mon père nous ramena à Bordeaux. La vie citadine m'ouvrait une voie royale pour apprendre la comptabilité et le secrétariat, des métiers très en vogue à l'époque. Le travail ne manquait pas, et dès l'obtention de mon diplôme, je trouvai un poste d'abord chez un avocat, puis dans une compagnie maritime, et enfin je fus embauchée en tant que sténodactylo au lycée municipal du cours de la Marne.

C'est à l'âge de vingt-cinq ans que mes vacances croisèrent sur la plage d'Hendaye celles de mon futur mari. Le contraste de nos accents était saisissant, drôle, surprenant.

Jean-Claude est, lui, un pur Parisien né dans le XVe arrondissement. Son parcours me semblait aussi particulièrement varié. Fils de pompier, il avait grandi dans un environnement sportif, et ce fut presque tout naturellement qu'il s'engagea en 1958 chez les sapeurs-pompiers de Paris.

Après trois ans passés dans le corps d'élite, il intégra la Société générale, où il avait déjà effectué un stage avant son engagement. Affecté dans un premier temps aux services administratifs à Pantin, il évolua rapidement vers le guichet, puis dans le service des caisses.

Véritable globe-trotter du 93, il navigua d'agences en succursales au fil des promotions et des responsabilités. Des responsabilités qui le menèrent en 1973 à devenir gestionnaire de bureau dans le XVIIe arrondissement de la capitale, au 47 du boulevard Gouvion-Saint-Cyr. En acceptant de travailler à Paris, Jean-Claude était à des lieues de penser que cette adresse nous poursuivrait toute notre vie.

L'amour nous porta jusqu'au mariage en 1964 et fit « éclore » Florence quatre ans plus tard. Entre-temps, j'avais obtenu ma mutation au lycée du boulevard Raspail.

En bonne néo-francilienne, ma curiosité ne tarissait pas. Les larges avenues haussmanniennes regorgeaient de trésors jusque dans les arrière-cours des hôtels particuliers. Les amis de Jean-Claude m'adoptèrent immédiatement, et nous ne tardâmes pas à évoluer au sein d'un groupe de fameux compères.

Les week-ends à la campagne en Seine-et-Marne, les vacances en Espagne et dans le Sud-Ouest, la gymnastique, le footing, quelques longueurs de bassin de temps en temps… le fil des mois se déroulait au rythme agréable d'une vie intense et saine.

Le 4 septembre 1973, mon mari rentra un peu plus tard de la banque. Un homme seul les avait braqués en début de matinée. Il n'avait pas emporté un gros butin, mais ce qui avait stupéfié Jean-Claude, c'était la grande maîtrise avec laquelle le gangster à visage découvert avait procédé : aucun affolement, ni parmi le personnel, ni parmi les clientes présentes au guichet. Des mots justes sans haussement de ton, des gestes lents et des menaces à peine murmurées. Bravant les ordres du malfrat leur interdisant tout mouvement avant quelques minutes, ils s'étaient précipités vers la porte et l'avaient vu disparaître dans une Renault 16.

La tournure de ce hold-up permettait de penser qu'il n'était pas l'œuvre d'un débutant. La Société générale n'avait visiblement pas suffi à notre homme, puisque d'autres banques situées sur les boulevards des maréchaux s'étaient elles aussi adjugé ses faveurs.

Pour les policiers, l'identité du gangster ne faisait aucun doute. Depuis son évasion du tribunal de Compiègne accompagnée de la prise en otage du juge, Mesrine avait besoin d'argent, et visiblement ses différentes planques lui faisaient mener grand train. Les attaques se succédaient. Les banques, la paie d'une imprimerie du XIXe arrondissement, une série incroyable de braquages qui tous portaient la signature de l'homme le plus recherché de France.

Paris commençait à vivre dans un mélange de psychose pour certains et d'admiration pour d'autres. On suivait ses méfaits comme les épisodes d'un feuilleton interminable. La crédibilité de la police en prenait un sacré coup. On le repérait dans le Ve, il braquait trois banques dans le XVIIe. Le commissaire Broussard en faisait une affaire personnelle, leur étrange duel attristait et amusait la France entière à l'heure du journal télévisé.

Il fut arrêté le 28 septembre de la même année, après avoir offert le champagne aux policiers avant que ceux-ci ne le menottent. Une arrestation digne du personnage. Jean-Claude, comme d'autres témoins de ses braquages, fut appelé à l'identifier.

Cette fois-ci, il ne s'en remettrait pas !

La même année, la Société générale proposa à mon mari un poste de responsable de clientèle à l'agence du Raincy en Seine-Saint-Denis.

Le hold-up du boulevard Gouvion-Saint-Cyr était désormais un lointain souvenir, mais un sacré souvenir. Rares étaient les dîners durant lesquels au moins un des convives ne pouvait s'empêcher de ranimer la flamme. Avoir croisé Mesrine et être capable d'en parler faisait partie de ces choses dont Jean-Claude aurait du mal à se défaire. Il apparaissait aux yeux de certains comme un héros qu'ils étaient fiers de compter parmi leurs connaissances. Combien de fois l'ai-je entendu relater cette histoire ! Et souvent aux mêmes ! Comme s'il s'agissait d'un conte indispensable à la réussite d'une soirée.

Depuis l'arrestation de Mesrine, nous suivions pas à pas toutes ses facéties. Après des premiers mois passés dans le silence, il parvint à faire éditer un bouquin [1] sans que l'administration pénitentiaire ait vu passer le manuscrit. Même enfermé dans un quartier de haute sécurité, il trouvait moyen d'amuser la rue.

Le bouquin que nous nous empressâmes de nous procurer se voulait être une autobiographie. Le bandit sympathique laissait place au fil des pages à un meurtrier sans pitié. Il y revendiquait, avec force détails et précisions, une trentaine d'assassinats commis dans des circonstances aussi cruelles que sanglantes. Ce

1. *L'Instinct de mort,* Paris, Jean-Claude Lattès, 1977.

récit atteignit un des buts non avoués de son auteur : la police enquêta avec minutie sur toutes les affaires évoquées… Sans rien trouver. L'autobiographie tournait de toute évidence au roman.

Parallèlement, Mesrine mit sur papier un projet de réforme pénitentiaire dans lequel il dénonçait les conditions inhumaines des QHS[2]. À la manière d'un parlementaire aguerri, il tentait d'apporter des solutions plus humbles à l'enfermement dans ces purgatoires.

Mais le plus intéressant restait à venir. Son procès s'ouvrit le 3 mai 1977. La presse, partagée entre une opinion publique à laquelle il apparaissait comme un bandit sympathique et la réalité d'un palmarès beaucoup plus sombre, attendait ce jour de printemps comme un jour béni.

2. Quartiers de haute sécurité.

Le lendemain, l'événement faisait la une des quotidiens. Dans les pages intérieures, les « croqueurs d'assises » insistaient tous sur les traits d'un homme dont la décontraction frisait l'arrogance. Le spectacle pouvait commencer. La vedette tant attendue était au rendez-vous, plus déconcertante que jamais malgré l'enjeu.

« Je ne suis pas un ennemi public. Je suis l'ennemi des banques. J'ai mangé la galette, pas la mère-grand ni le Petit Chaperon rouge. »

Cette phrase empreinte d'une certaine ironie envers ses victimes lui assura un retour triomphal sur les planches. Selon les comptes rendus d'audience, le public était subjugué, les journalistes conquis. Il comparaissait tel un chef militaire devant la cour martiale. Le juge Petit, pourtant expérimenté, sembla déconcerté lorsque Mesrine tira de son nœud de cravate un moulage en plâtre de la clé de ses menottes et le jeta parmi la foule hilare. Il le fut plus encore quand Mesrine, se tournant vers lui après l'énoncé de la kyrielle de faux papiers trouvés à son domicile, lui répondit que, s'il le souhaitait, il pourrait en faire réaliser à son nom d'ici au lendemain.

Le témoignage de Jean-Claude n'en fut qu'un parmi tant d'autres. Ils étaient nombreux à avoir reconnu l'homme malgré ses incessantes métamorphoses. Il doublait cette habileté en parvenant à modifier ses comportements, sa démarche, c'était si troublant que l'on arrivait à s'interroger sur sa réelle personnalité.

Jean-Claude se souviendrait longtemps de ce regard figé sur lui quand il s'était approché de la barre. Des yeux qu'il évita de croiser tant il en sentait l'intensité et la force. Lorsqu'il le désigna de l'index comme on le lui avait demandé, mon mari perçut en une fraction de seconde toute la détermination de l'individu. Le public, lui, avait pris fait et cause pour un éventuel rebondissement de dernière minute, les curieux attendaient presque impatiemment ses répliques. Il y en eut une qui passa quasiment inaperçue. La veille de la fin du procès, dans un dernier élan de provocation, Mesrine s'adressa au juge Petit et lui signifia qu'il avait désormais les noms et adresses de ceux qui venaient de témoigner contre lui.

Le procès s'acheva dans l'ambiance d'une pièce de boulevard. Les suspensions de séances ressemblaient à des entractes, les ajournements sonnaient comme des fins d'actes… Le verdict tomba comme un lourd rideau, sans surprise : vingt ans de réclusion criminelle à l'encontre de l'acteur principal. Vingt ans à attendre que les portes de la prison de la Santé ne s'ouvrent sur le XIVe arrondissement… Car, de cette prison-là, personne n'était en mesure de s'évader, même le plus doué des disciples du grand Houdini…

Il en sortirait à soixante et un ans, d'ici là, on l'aurait oublié. On ne parlerait plus de lui qu'en des termes de bon vieux temps. D'un temps où la police portait encore des képis « hauts de forme » et agitait le bâton aux carrefours.

Jean-Claude, lui, était soulagé. Les curieux pouvaient bien arpenter le trottoir de la rue Jean-Dolent en espérant un « coucou » de « Jack », la forteresse parisienne ne nous inspirait aucune forme d'intérêt.

La promotion interne qui éleva mon mari au grade de cadre ne nous incita pas à quitter notre quartier populaire de Noisy-le-Sec. La convivialité s'y mêlait harmonieusement au respect, et cela nous ressemblait bien. Florence y avait ses repères, ses copines, son école, et pour ma part, depuis 1966, une centaine de mètres seulement me séparait de mon nouvel établissement.

Jean-Claude avait pourtant été gratifié d'un sacré poste ! Il officiait désormais dans une des plus grosses succursales du 93, il était chargé de clientèle et, de ce fait, fondé de pouvoir. Son emploi du temps s'en trouvait désormais chamboulé. Dès 8 h 30, il se devait d'être le premier à son poste et d'accueillir le personnel. Il profitait de ses quelques minutes d'avance pour aller prendre un café au *Progrès*. Un rituel durant lequel il croisait bon nombre d'habitués sans pour cela les connaître davantage.

L'âme des cafés parisiens possède encore cette sorte d'anonymat : on se salue, on échange quelques commentaires en repliant son journal, puis chacun s'évapore sur son trottoir. Les esprits moqueurs disaient à l'époque, en parlant de ces cafés, que c'était réellement là que se traitaient les affaires.

Le 9 mai de l'année suivante, le comptoir du *Progrès* était plus animé qu'un mardi ordinaire. Jean-Claude se cala discrètement à l'angle du zinc, près de la Cimbali. Le sucre, ce matin-là, tomba plus lourdement dans sa tasse. Les accros au « p'tit noir » ne parlaient que de ça. Il y avait de l'excitation dans les volutes de fumée, des décibels dans les voix, de l'envergure dans les gestes. La veille, Mesrine s'était fait la belle avec deux complices. L'un deux avait été tué devant la prison, mais les deux autres couraient désormais dans Paris. Les murailles de la « Bastille » de l'après-Révolution n'étaient donc pas assez hautes ! Il était trop tôt pour connaître avec précision les détails de l'évasion, alors chacun y allait de son interprétation. Le mythe était déterré.

Tout en laissant transparaître une grande sérénité, Jean-Claude percevait le retour de certains fantômes. Il ne disait rien, mais son entourage se chargeait de réveiller les souvenirs de son passage dans le XVIIe arrondissement. Le comportement humain est parfois chargé de perversité.

C'était en voyant trois « gardiens » escalader le mur par une échelle de chantier que les gardes de l'enceinte avaient flairé quelque chose de louche. Les coups de feu éclatèrent alors que les trois hommes redescendaient à l'aide d'une corde et d'un grappin vers la liberté. Les images du journal télévisé montraient un quartier bouclé par les forces de police. Des fonctionnaires se tenaient les mains sur les hanches, les yeux balayant de haut en bas un mur devenu celui des lamentations. Ils étaient redescendus par là, sur le trottoir en chantier encombré de gros bidons métalliques et de tas de sable. Les balcons des petits immeubles d'en face affichaient complet.

Selon Poivre d'Arvor, tout s'était passé très vite… On s'en doutait un peu ! Les premières déclarations parlaient d'une visite de routine de son avocate durant laquelle Mesrine aurait bondi sur une chaise pour récupérer un véritable arsenal placé derrière la grille du conduit de ventilation.

Entre-temps, son complice François Besse s'était déjà occupé de neutraliser un gardien. Les deux hommes avaient ensuite délesté d'autres gardiens de leurs armes et de leurs papiers d'identité. Ils les avaient invités à se déshabiller pour revêtir leurs tenues. Dans leur fuite, un troisième homme se mêla à leur cavale ; ce fut lui que les sentinelles abattirent quelques minutes plus tard.

Parvenus dans la cour, les faux gardiens avaient ordonné à un ouvrier de poser son échelle contre le mur. Aussitôt dans la rue, Mesrine et Besse arrêtèrent une Renault blanche dont ils éjectèrent le conducteur avant de s'enfuir à toute allure. Ils avaient choisi un jour de fête nationale pour célébrer la victoire à leur manière.

Les quotidiens eurent de quoi meubler leur une pendant quelques jours. Giscard semblait furieux. Broussard souriait nerveusement. Paris se trouvait sous haute surveillance, et encore une fois on se montrait rassurant.

Comme des millions de Français, l'affaire tendait à nous distraire. Les rumeurs les plus folles couraient. Déjà un peu dépassée, la police se mit à vérifier des dizaines de pistes, des plus farfelues aux éventuellement plausibles. Les paranoïaques le voyaient partout, les photos le représentant sous divers grimages ne suscitaient que les doutes. Une gigantesque chasse à l'homme s'ouvrait.

Trois semaines plus tard, nous apprîmes l'attaque du casino de Deauville. Tout comme les financiers de Paris, Jean-Claude parut plutôt rassuré de le savoir en Normandie. Sa fuite vers la province tranquillisait la capitale. Excepté l'exploit de s'être présentés au commissariat de la ville en se faisant passer pour des gens de « la maison », et ce, avant de braquer l'établissement de jeu ; cette fois-ci, Mesrine et son associé, Besse, avaient tiré, blessé et pris des otages.

Sa fausse réputation de bandit aux mains propres était écornée aux yeux de l'opinion publique.

L'effervescence des examens de fin d'année contrecarrait les effets du soleil de juin. Les lycéens faisaient en sorte de tout mettre en œuvre pour partir en vacances l'esprit tranquille. Pour nous, le personnel, la dernière ligne droite ressemblait à une panique organisée. Nous finirions le 30 au soir par une petite fête entre nous que j'avais pour mission d'organiser.

6 h 30, le vendredi 30 juin 1978

Le T3 de la cité du Londeau se trouvait plongé dans une demi-torpeur. Ma mère était encore couchée. Installée comme à chacune de ses visites dans le convertible du salon, elle patientait aimablement avant de se lever, le temps que Jean-Claude et moi ayons terminé de nous préparer. Florence, elle, dormait. J'attendais toujours le dernier moment pour la réveiller.

Ce vendredi, dernier jour de la semaine, coïncidait également avec le dernier jour d'école. Pour moi aussi, c'était la fin de l'année scolaire, j'allais me rendre une dernière fois au lycée d'enseignement professionnel avant deux longs mois de vacances. Nous ne partirions qu'au mois d'août, comme d'habitude.

Le souffle gras de la cafetière commençait à répandre les premières nappes parfumées dans l'appartement. Je m'approchai de la fenêtre. Le soleil pointait ses rayons sur le douzième étage comme une première caresse amie. J'aimais rester là, ne serait-ce qu'une minute, et laisser les ultimes léthargies s'effacer lentement avec le jour et dans les vapeurs de café.

De la cuisine, j'observais les premières silhouettes sortir de leurs fourmilières. Les petites lumières s'évanouissaient les unes après les autres dans la clarté du soleil. Pas très jolie, cette cité avec ses barres d'immeubles géométriques posées comme des cubes sur un carré de pelouse ! Mais nous nous y sentions bien. La vie communautaire était pour nous un besoin nécessaire à notre bien-être. Une manière de nous savoir entourés.

Personne n'était très bavard le matin, et les échanges se limitaient à l'essentiel.

Jean-Claude entra dans la salle de bains.

Je profitai de ce temps pour aller embrasser ma mère.

6 h 40

Le couinement du volet roulant de la salle à manger avait le don de m'agacer. J'ouvris toutes les fenêtres et repartis vers la cuisine me resservir une bonne tasse de café, celle qui éclaircissait habituellement le timbre de ma voix.

Le rangement de la chambre attendrait. Je pris le temps de m'asseoir pour réfléchir aux derniers détails de la fête du soir. Non, je n'avais rien oublié. Il ne restait qu'un peu de décoration à poser sur les murs. Quant à l'agencement de la salle, je pourrais compter sur l'aide des profs à la fin des cours.

La sonnette de la porte d'entrée venait de désunir âprement mes pensées. Les visites matinales étaient exceptionnelles. J'arrangeai mes cheveux et ajustai les revers de mon peignoir. Au travers de l'œilleton, je distinguai clairement un inconnu en costume.

– Qu'est-ce que c'est ?

– Bonjour madame, c'est la police. Ouvrez, s'il vous plaît !

– La police !

Cette réponse me fit froid dans le dos, d'autant que le ton se voulait ferme. Un an plus tôt, la police avait aussi frappé à notre porte. C'était pour m'annoncer le décès de mon père. Mais ainsi proférés, les mots de ce matin-là me firent culpabiliser. J'allai chercher mon mari. Il était torse nu, en caleçon et le visage enduit de savon à barbe.

– Viens ouvrir, Jean-Claude, c'est la police.

– La police !

Comme moi, il était surpris, mais il s'empressa d'ouvrir. Je restai en retrait.

L'homme, plutôt petit, brandissait devant lui une carte officielle.

– Qu'est-ce qui se passe ?

Un autre homme, situé plus à droite, se tourna lentement, il était nettement plus grand.

– Tu me reconnais, Jean-Claude Martigny ?

– Oh ! C'est pas vrai ! Bien sûr que je vous reconnais, vous n'avez pas un visage que l'on oublie facilement.

Entre-temps, le petit avait pris soin de glisser son pied de manière que mon mari ne puisse pas refermer la porte. Un court moment, je crus naïvement qu'il connaissait bien les deux hommes.

– Alors, tu fais pas le con ! On va rentrer et discuter bien sagement. Tu es tout seul ?

Sans hausser davantage le ton, ils pénétrèrent dans l'appartement et refermèrent derrière eux. C'est seulement à ce moment-là qu'ils m'aperçurent en train de réajuster le rabat de mon peignoir rose.

Jean-Claude fit rapidement les présentations.

Mesrine tenait dans une main un revolver et, dans l'autre, un petit sac de voyage Samsonite qu'il déposa par terre. Il sortit de sa poche une bombe lacrymogène avec laquelle il me menaça sans parler. C'est moi qui répondis à sa question :

– Non, nous ne sommes pas seuls, il y a ma mère qui est malade du cœur et notre fille qui dort dans sa chambre.

– N'ayez crainte, je vais ranger la bombe lacrymogène, c'est dangereux pour les gens malades du cœur. Mais tenez-vous tranquilles ! Parce que, dans le sac, il y a des grenades, et croyez-moi, je n'hésiterais pas à m'en servir si ça devait mal tourner. Quant aux armes, je ne tire que lorsqu'un pistolet est braqué sur moi.

Dès qu'elle aperçut le revolver, ma mère s'évanouit lourdement sur le canapé. Presque gêné d'être la cause de son étourdissement, Mesrine ouvrit suffisamment son blazer bleu foncé pour nous laisser entrevoir deux revolvers glissés dans sa ceinture, puis il dissimula tout son arsenal.

Jean-Claude se tenait toujours en caleçon devant les deux hommes. Mesrine le regarda longuement de la tête aux pieds, se tourna vers son complice en tortillant les lèvres et brisa le silence de plomb :

– Mais dis-moi ! Toi, tu es quelqu'un qui a fait du sport ! Tu es un bel homme.

Son acolyte ne parla pas et ne montra pas le moindre signe d'amusement. Il paraissait plus jeune. Il portait un costume bleu pétrole, très à la mode à l'époque, tombant impeccablement sur son corps mince. Ses cheveux très bruns rebiquaient légèrement sur le col de sa veste. Sa morphologie était celle d'un homme vif et agile, son calme semblait à la fois rassurant et terrorisant. Une chose était certaine : tous deux faisaient preuve d'un sang-froid digne de grands professionnels, comme tous ces héros de la cambriole aperçus dans les films de Verneuil. Mais il ne s'agissait ni d'un film ni d'acteurs.

Mesrine demanda poliment à mon mari de le suivre dans la chambre.

Jean-Claude, 6 h 55

Il me laissa passer un pantalon et une chemise puis se tourna vers moi avec un petit sourire, le sourire de monsieur Tout-le-monde.

– Tu sais pourquoi je suis là, évidemment ! J'ai besoin d'argent.

– Ben oui ! Je m'en doute, mais ici il n'y a rien.

– Je sais que tu n'as rien chez toi, alors tu vas m'aider à en trouver. Tu vas me donner les clés du coffre de ta banque. Je sais que tu es maintenant cadre à la Société générale, tu as de grosses responsabilités ! Je t'explique, nous, on veut faire de mal à personne. On va faire un hold-up psychologique, donc, normalement sans violence. Tu as ta voiture en bas ? Elle est noire ou… grise, je crois ?

– Non, elle est bleu ciel, et puis je n'ai pas les clés du coffre, c'est mon directeur qui les a.

– Effectivement, tu as raison, elle est bleu ciel, ta 504, c'est bien elle que j'ai vue garée sur le trottoir. Pour les clés, ne t'en fais pas, on va aller le voir ensemble, ton directeur.

La malice se lisait dans son regard. Il connaissait toutes les réponses. Les premières questions n'étaient destinées qu'à tester ma sincérité. S'il avait eu la pudeur de tourner la tête pendant l'habillage, Mesrine en avait aussi profité pour dresser un panorama de la chambre à coucher.

– Tout à l'heure, nous allons descendre tous les deux gentiment. On va prendre ta voiture pour aller au Raincy, et ensuite je t'expliquerai sur place. À quelle heure est-ce que tu pars habituellement ?

– Normalement, j'y suis pour 8 h 30, un peu avant l'arrivée du personnel.

– Eh bien, nous ne changerons rien à tes habitudes. Maintenant, on va tous attendre sagement dans la salle à manger et on va discuter comme des amis… On est des amis, non ? Depuis le temps qu'on se connaît !

Il était parvenu à me faire sourire, et pourtant je n'avais pas le cœur à plaisanter. Je pensais déjà à ce qui allait se passer à la banque. Les pires images me traversaient l'esprit.

À la même heure

Avant de rentrer dans la chambre, Mesrine avait demandé à mon mari de lui croquer *grosso modo* un plan de la banque. Dès qu'ils s'isolèrent, l'autre homme fit le tour de l'appartement, à la demande de Mesrine, pour s'assurer qu'il n'y avait pas d'autre issue que la porte d'entrée.

Il ne nous adressait toujours pas la parole.

Durant son inspection, il posa la main sur la poignée de la porte donnant dans la chambre de Florence et m'interrogea en même temps du regard. Il la laissa dormir. Je profitai de sa perquisition pour fermer le canapé. Revenue à elle, ma mère restait prostrée et tremblante sur une chaise de la cuisine. Jean-Claude revint de la chambre habillé. Ses traits inquiets au-dessus de sa barbe dessinaient de drôles d'expressions. Nous semblions tous deux avoir pris brutalement plusieurs années.

Sur leurs ordres courtois, ce fut à mon tour de passer dans la salle de bains. Je bâclai ce moment d'ordinaire agréable. J'enfilai une petite robe d'été, et à mon retour nous nous installâmes dans le salon, comme s'il s'agissait d'une réunion de famille. Il restait du temps avant qu'ils ne prennent le chemin de la banque. Alors je servis du café à tout le monde, sauf à Mesrine, qui me demanda aimablement un jus d'orange.

Ce matin-là, le café n'avait pas le même goût. Un fort pincement au fond du ventre accompagnait chaque gorgée. Soucieux de ne pas traumatiser Florence à son réveil, ils nous demandèrent de les faire passer pour des collègues de mon mari. Il était hors de question qu'elle se rende à l'école et ils lui donneraient toutes les explications le moment venu.

À les entendre, tout semblait simple. Aucune forme de nervosité ne transparaissait dans leurs gestes, dans leurs mots. Ils ne se concertaient pas entre eux, le scénario était bien rodé, et les éventuels problèmes, ils les avaient visiblement solutionnés à l'avance.

– Quand votre mari et moi partirons pour la banque, mon ami restera avec vous, histoire de s'assurer qu'il ne tentera pas de faire une bêtise. Soyez prudentes, mesdames, lui, il est jeune et n'a peur de rien, il ne faut pas l'énerver.

Il y a des mots comme ça que l'on ne pensait jamais entendre et qui vous tombent dessus un beau matin. Sans pour cela vouer une croyance sans faille au Seigneur, je l'interrogeai intérieurement. Quels péchés avions-nous bien pu commettre pour en arriver là ?

Pendant l'heure que nous passâmes ensemble, Mesrine nous parla d'abord de l'attaque du casino de Deauville. Il regrettait les blessés, mais nous jura qu'ils n'avaient pas pu faire autrement. D'ailleurs, eux-mêmes avaient été sérieusement blessés, et il se plaignit d'une méchante plaie à la hanche. Il décrivait leur cavale pour échapper aux barrages de police avec un réalisme déconcertant. Les coups de feu qu'il évoquait calmement me faisaient froid dans le dos. C'était donc ça un hold-up psychologique ? impressionner sans violence physique en évoquant naturellement ce qu'ils seraient éventuellement capables de reproduire ?

L'autre l'écoutait comme un élève boit les paroles de son maître, sans le moindre mouvement de lèvres. Ma mère relevait les yeux pour les refermer aussitôt, elle était à la limite de succomber à un autre malaise. Mesrine avait beau prendre de ses nouvelles et la rassurer, la pauvre femme perdait pied.

Bizarrement, il ne portait aucun jugement sur l'impuissance policière, il savait que la presse s'en chargeait. Il aborda alors le sujet des quartiers de haute sécurité et nous affirma être prêt à se battre à mort pour faire en sorte qu'ils soient supprimés. Là, en revanche, son discours devint brusquement plus passionné. Les mois passés dans des conditions inhumaines semblaient l'avoir marqué au fer rouge. Pourtant, il en avait vu des ignominies en Algérie, nous dit-il en laissant planer l'ombre de certaines horreurs. L'Algérie, il nous en causa longuement jusqu'à clore le chapitre en évoquant la croix du Mérite militaire reçue des mains du général de Gaulle.

– On a armé ma main au son de *La Marseillaise* et cette main a pris goût à l'arme.

Puis il nous parla de son père. Père à qui il vouait une profonde admiration. L'homme était marchand de tissus et nourrissait l'espoir de voir un jour son fils sur les bancs de la prestigieuse école HEC. Il prit un air nostalgique, comme s'il regrettait d'avoir été incapable de se hisser à la hauteur de ses attentes. Il nous confia s'être fait renvoyer de chez les frères oratoriens avant de faire preuve de violence envers le proviseur du lycée de Clichy.

Le monologue aux forts accents de confession tentait de nous faire oublier le pistolet caché sous sa veste. Comme il restait encore du temps à meubler, il continua à nous retracer les grandes étapes de son parcours. Des quelques mois passés en tant que gérant d'une charmante auberge de l'Oise, puis d'un restaurant à Santa Cruz de Tenerife avant de revenir à Compiègne, à son premier séjour dans la prison d'Évreux pour cambriolage, il semblait très fier de nous conter ses exploits. Ce type se vouait une admiration sans limites.

Prenant son verre de jus d'orange à la main, il nous adressa un franc sourire avant de nous dire :

– Est-ce que vous savez que je suis né le jour des Saints Innocents ? C'est drôle, non !

Cette réplique n'amusa que lui. Alors, jugeant notre esprit plus terre à terre, il se fit plus sérieux :

– Je sais très bien que les flics ne me feront aucun cadeau. Ce sera eux ou moi, et tant que j'en serai capable, ce sera une lutte sans pitié. Mon sort, je le connais, je suis en sursis. Je n'espère qu'une chose, c'est de mourir dans la rue, ce serait pour moi un honneur.

Il était avenant, mais j'aurais voulu qu'il tombe, là, tout de suite. Au fur et à mesure des détails de ses épopées, ma tension grimpait ou descendait, je ne savais pas. J'envisageais les prochaines heures avec la sensation de voir un drame se profiler lentement mais sûrement. Nous étions les otages de deux hommes au comportement diamétralement opposé, nous étions pris entre un courant d'air chaud et un froid polaire, tétanisés par la peur et agités de l'intérieur.

Comme pour hausser le niveau de terreur « psychologique », Mesrine sous-entendit la présence d'un troisième homme posté au pied de l'immeuble, attentif à tout mouvement suspect dans les environs.

– Comment s'appelle votre fille ? Florence, n'est-ce pas ? Alors, quand Florence va se lever, pas de panique, il ne faut pas la traumatiser, cette enfant. Je sais ce que c'est, les enfants, j'ai aussi une fille et je l'adore.

Histoire de lui fournir une preuve de décontraction, je lui demandai pourquoi ses cheveux semblaient bicolores sur le dessus.

– Je porte deux perruques l'une sur l'autre… L'une est châtain clair et l'autre rousse. Vous ne trouvez pas que ça me va bien ?

J'aurais pu lui poser d'autres questions ; il y aurait, je pense, répondu sans sourciller.

7 h 30

Après le récit de quelques éclatantes embuscades commises dans l'Algérois et les détails sulfureux de plusieurs évasions, Jean-Claude prit sa respiration pour l'interrompre et osa soumettre une requête :

– Je peux vous demander quelque chose ? Après, quand vous aurez obtenu l'argent, ce serait gentil de votre part de ne pas garder ma voiture. Nous devons partir en vacances dans quelques jours et ce serait ennuyeux…

Sans la moindre hésitation, Mesrine lui fit la promesse de ne pas s'en servir pour s'enfuir.

Florence pointa le bout de son nez à la porte. Elle se frotta les yeux pour s'assurer de ce qu'elle voyait. Une telle assemblée réunie au petit matin autour de la table du salon, ce n'était pas commun. Nous lui présentâmes les collègues de papa et elle s'avança vers eux dans sa chemise de nuit.

Les deux hommes la saluèrent aimablement, Mesrine passa la main dans ses cheveux pour la rassurer plus encore. Absolument rien d'étrange ne transparaissait. J'accompagnai Florence jusqu'à son petit déjeuner préparé comme d'habitude dans la cuisine. Elle ne me posa pas de questions. Je la laissai seule et rejoignis l'assemblée.

Il voulait tout savoir : dans quel coin de la péninsule nous allions passer nos vacances, le parcours professionnel de Jean-Claude, le mien, d'où me venait cet accent chantant. Attentif à nos réponses, il avait toujours un commentaire à faire. C'était réellement surréaliste. Pas de doute, l'homme était intelligent. Son élocution coulait naturellement, son vocabulaire était soigneusement choisi, sans vulgarité ni grossièreté, sans haussement de ton. Le petit maigre, lui, restait toujours insaisissable, et cela me faisait craindre les heures qui allaient suivre.

À présent totalement éveillée, notre fille réapparut et vint s'asseoir à mes côtés. Je sentis bien que des questions lui brûlaient les lèvres et je les redoutais. Là encore, il allait nous surprendre. Il anticipa la curiosité de Florence.

– Tu dois te demander qui nous sommes pour venir si tôt chez toi ? Tu ne nous connais pas, mais ton papa et nous, on travaille ensemble à la banque…

La petite avalait tout, heureusement. Il lui demanda ce qu'elle voulait faire plus tard, lui parla de sa fille à lui, elle était plus grande. Le visage du compère s'était à présent métamorphosé, comme si Florence faisait remonter en lui de délicieux souvenirs.

Elle dévisageait les deux hommes, passant rapidement de l'un à l'autre. Puis son attention s'arrêta sur le petit maigre.

– Mais je te reconnais, toi ! Hier, quand je suis descendue poster une lettre de maman, tu étais habillé en facteur… Tu me l'as même prise des mains en disant que tu allais t'en occuper… Tu l'as fait, au moins ?

Il ne répondit que d'un sourire et d'un signe de la tête. Florence n'insista pas.

En ne me rendant pas à mon travail, je savais que mes collègues s'inquiéteraient… Peut-être même traverseraient-ils la rue pour venir prendre de mes nouvelles. M'absenter le dernier jour n'était pas dans mon tempérament, d'autant plus avec les ultimes préparatifs de la fête du soir. Tout dans ma tête se bouscula. Il y avait trop d'événements prévus aujourd'hui et tant de gens comptaient sur moi.

Jean-Claude, 8 h 15

Mesrine jeta un œil à sa montre et se leva lentement du canapé.

– C'est l'heure, Jean-Claude, il faut y aller.

Juste avant de partir, il regarda longuement Florence d'un air qui voulait lui faire comprendre qu'il regrettait de devoir partir si vite. Il se tourna vers moi et nous demanda de prendre gare aux malfrats d'aujourd'hui. Ceux qu'il avait croisés en prison semblaient si sûrs d'eux et sans états d'âme. Il ne manquait pas d'air.

Il posa la main sur la tête de notre fille et lui souhaita de passer de bonnes vacances en Espagne. Tandis qu'elle lui souriait, il alla chercher au plus profond du regard de Jeannine sagesse et sang-froid. L'autre se rendit près de la fenêtre et examina rapidement le secteur. Il ne dit rien. Il se retourna simplement vers Mesrine sans faire de signe particulier.

Comme si c'était un matin ordinaire, j'embrassai Florence et ma femme avec un regard serti d'inquiétude et d'amour. La pression de mes lèvres sur leurs joues fut simplement plus longue. Je saluai ma belle-mère sans trop m'attarder pour ne pas éveiller la panique contenue dans ses mâchoires crispées.

Mesrine salua gentiment tout le monde et me prit cordialement par l'épaule jusqu'à la porte d'entrée. Marquant un temps d'hésitation, il récupéra au passage les cent cinquante francs que j'avais déposés la veille au soir sur le buffet et les enfonça dans sa poche.

– Pas la peine de vous vanter de n'en vouloir qu'à l'argent des riches ! Je vois que vous êtes aussi le voleur des pauvres.

Ma belle-mère, jusqu'alors muette, avait osé dire ce que personne ne se serait permis de penser. Pour souligner ses propos, elle poussa un long soupir de mépris. Il ne se démonta pas.

– Vous avez raison, madame… Je suis franchement désolé, c'est un mauvais réflexe.

Il remit les billets à leur place, et alors que nous étions sur le pas de la porte, il se tourna vers ma femme :

– Je vous remercie, vous avez été coopérative et très aimable. En signe de gratitude, je vous ferai parvenir des fleurs. Vous savez, c'est un grand jour pour vous. Grâce à moi, vous allez être célèbres, et dès demain vous ferez la une des journaux.

Mon cœur s'emballa dès que la porte se referma derrière nous. Si certains voisins ne nous saluaient que par politesse, d'autres avec qui nous entretenions des relations plus amicales s'étonneraient de me voir accompagné par un inconnu.

Moi qui ne crois pas en grand-chose, je me mis alors à supplier un improbable dieu de ne pas les croiser. J'eus si peur que je le dis à Mesrine, et le comble, c'est qu'il parvint à me rassurer. Rien ne lui faisait peur, aucune lueur d'angoisse ne ternissait le marron de ses yeux.

Au pied de l'immeuble, nous rencontrâmes des résidents qui ne prêtèrent qu'une attention polie à notre passage. Je garais toujours ma voiture sur le trottoir de la rue longeant notre immeuble, je pouvais ainsi la voir depuis la fenêtre de la salle à manger. Je n'eus pas à le diriger vers elle. Il savait tout. Avant de prendre place, il jeta un œil à la fenêtre de l'appartement.

– Tu vas rouler doucement, comme un matin ordinaire. Ce n'est pas le moment de tout gâcher.

Je n'avais rien envie de gâcher du tout. Un petit quart d'heure me séparait de l'agence du Raincy, tout au plus vingt minutes les jours de circulation. Nous parlâmes tout le long du trajet.

– C'est une grosse agence dans laquelle tu travailles ! Avec tout ce fric qui circule, j'espère au moins qu'ils te payent correctement.

Il ne paraissait avoir aucune pression, aucune inquiétude. Mes mains crispées sur le volant renfermaient une moiteur glaciale.

– Et si ça se passe mal ?

– Si ça se passe mal, comme tu dis, je serai obligé de tirer, et crois-moi, je préfère ne pas y penser. Si tu fais comme on a dit, personne, à part toi et ton patron, ne comprendra ce qui se passe.

Au fil des feux rouges, il me rappelait habilement dans la conversation certains détails de son passé, les moins attendrissants, bien sûr. Juste assez de pression pour me convaincre de ne pas jouer au plus fin avec lui. Il parlait de sang versé avec une sérénité insolente.

L'Algérie revenait systématiquement dans ses phrases, comme pour me persuader que cette période de sa vie était à l'origine de ses dérives. Il se plut à me laisser croire des choses que nul ne pourrait nier. À l'entendre, il était en possession de preuves gênantes pour certains hauts fonctionnaires de notre pays, mais volontairement, avec moi, il se contentait d'effleurer le sujet.

Nous débouchâmes sur l'avenue de la Résistance peu après 8 h 30. Il me suffit d'un bref coup d'œil sur les voitures stationnées le long du trottoir pour comprendre que mon directeur n'était pas encore arrivé.

– Ce n'est pas grave, on va l'attendre. Gare-toi, je t'offre un café.

Il me montra *Le Progrès* du doigt et me fit signe de stationner un peu plus loin, juste devant la banque.

– On ne peut pas aller dans ce café, tout le monde me connaît, j'y vais plusieurs fois dans la journée.

– Et alors ! Justement ! On ne va rien changer à tes habitudes. Décontracte-toi, je te sens tendu, c'est moi qui devrais l'être, tu crois pas !

Il poussa la porte vitrée et me pria courtoisement de passer devant. Il commanda deux cafés que la patronne nous servit au comptoir.

Elle eut à peine le temps de poser les tasses que j'aperçus mon patron par la baie vitrée.

– On peut y aller, il vient d'arriver ! C'est lui qui est en train de se garer, là-bas.

– Prends ton temps, prends ton temps. Finis tranquillement ta tasse. Il faut qu'il dise bonjour à tout le monde, qu'il regarde son courrier… Ce n'est pas la peine de brusquer les gens le matin, ça les agace. C'est pas vrai ce que je dis ?

J'étais pressé d'en finir, et ça se sentait. Il paya, laissa un pourboire et nous sortîmes. Seuls quelques mètres de macadam nous séparaient désormais du moment tant redouté. Un moment où tout serait susceptible de basculer rapidement dans le drame, pour un regard, pour un soupçon, pour un geste trop brusque, à cause du zèle d'un employé ou de la bravoure d'un autre. Nous étions en été et pourtant j'avais froid.

Alors que je poussais la porte de l'agence, je sus que mon retard avait inquiété certains collègues. Un démarcheur de clientèle et le responsable des relations humaines discutaient au milieu de l'escalier. Tous deux parurent soulagés en me voyant. Le premier fit une remarque :

– Ah, te voilà ! On était justement en train de dire que ça ne te ressemblait pas d'être en retard. Ça va ?

Je ne me rappelle pas ma réponse, je me souviens seulement qu'elle les fit sourire. Mesrine lui aussi avait souri, il me serrait de près, mais pas suffisamment pour leur mettre la puce à l'oreille. Une fois que nous fûmes seuls dans le couloir, le ton de sa question me surprit :

– Bon ! Eh bien, qu'est-ce qu'on fait maintenant ?

Lui, le grand ponte de la cambriole, le roi du hold-up, l'ennemi public numéro un, me demandait à moi ce que l'on allait faire maintenant.

– On va d'abord dans mon bureau, j'ai besoin de m'asseoir.

– C'est ça ! Va t'asseoir ! Je te sens nerveux. Est-ce que je le suis, moi ?

La porte refermée, il me demanda d'appeler mon patron et de le faire venir.

– En principe, c'est moi qui me déplace quand j'ai besoin de lui.

– Eh bien, une fois n'est pas coutume. Allez ! Il faut en finir maintenant.

Je pris une longue inspiration et composai le numéro de son poste.

– Oui, bonjour monsieur R… J'ai un petit souci sur un dossier et j'aurais besoin de votre avis. Je sais bien que cela ne se fait pas, mais vous est-il possible de me rejoindre dans mon bureau ?

Dès que j'eus raccroché, Mesrine se positionna derrière la porte. La situation n'altérait en rien son comportement, aucun signe de nervosité ne transparaissait sur son visage.

Les pas de M. R… résonnèrent dans le couloir comme un compte à rebours à l'issue duquel personne ne savait ce qu'il adviendrait.

Il s'arrêta un instant devant ma porte, puis frappa et entra après que j'eus répondu. Il semblait presque content de me venir en aide. Sa bonhomie dura cinq secondes. À peine eut-il le temps de me saluer d'une poignée de main ferme qu'il sentit immédiatement un vif déplacement derrière lui. Un canon de pistolet venait de se poser contre sa tempe. Le métal froid le figea, mais il ne paniqua pas.

– Voilà ! Tu ne me connais peut-être pas de vue, mais sûrement de réputation. Je suis Jacques Mesrine. Alors, on va pas perdre de temps dans des explications inutiles, tu devines pourquoi je suis là. Seulement, il y a un détail qui devrait te décider à ne pas tenter quoi que ce soit : mon complice est chez Jean-Claude Martigny et il détient sa femme et sa fille en otages. Si ça tourne mal ici, ça tournera mal là-bas aussi. J'ai pas besoin de te faire un dessin ?

Oh non ! Il n'eut pas besoin de dessin ni de légende. Le canon brandi en sa direction lui semblait encore sentir la poudre des coups tirés à Deauville. Le métier avait beau nous préparer psychologiquement aux attaques, le cœur ne suivait pas toujours les consignes du manuel.

L'effet de surprise passé, mon patron appela la caissière et lui demanda de le rejoindre dans mon bureau avec les clés du coffre. Elle ne se douta de rien et s'exécuta sans poser de question.

Quand elle arriva, nous descendîmes tous les quatre dans la chambre forte. C'est à ce moment-là que la jeune femme prit réellement conscience de ce qui se passait. Elle ouvrit le coffre et, sur les instructions de Mesrine, elle se mit à remplir mon attaché-case des fines liasses qu'il contenait.

– Je vous mets les sacs de monnaie aussi ?

– Non merci ! C'est trop lourd pour moi, je t'en fais cadeau. Donne-moi seulement les billets, tous les billets.

J'eus soudain la crainte de voir débarquer les convoyeurs de la société de transport de fonds. C'était l'heure à laquelle ils venaient chaque jour prendre les sommes trop importantes. Nous laissâmes la caissière en bas avec pour consigne de n'alerter personne. Dans le hall, tout était calme, personne ne s'était rendu compte de rien, et les clients commençaient à affluer vers les guichets. Si seulement l'un d'entre eux avait reconnu notre homme…

M. R… et moi sortîmes les premiers dans la rue. Une voiture de police toutes sirènes hurlantes qui passait sur l'avenue me fit froid dans le dos. Mesrine, lui, eut un instant d'hésitation, avant de reprendre un pas normal. Nous montâmes dans la voiture, il s'installa à l'arrière pour mieux contrôler les opérations. Dès les premiers mètres, il me demanda de ralentir l'allure, de bien respecter les feux et d'apparaître décontracté. Je jetai un coup d'œil dans le rétroviseur et vis sur son visage comme un air de soulagement. Il se tenait entre nous deux, les coudes posés sur le dossier des fauteuils, et m'indiqua l'itinéraire à suivre.

– Maintenant, tu files sur Paris. Passe par là-bas, on va y aller par Villemomble.

Noisy-le-Sec, 8 h 20

Le petit maigre ne nous parlait que pour ne pas éveiller les soupçons de ma fille. Il avait conquis Florence avec qui il discutait le plus sérieusement du monde. Elle lui montrait ses cahiers d'exercices et commentait chaque page de son livre d'histoire. Elle semblait faire de lui ce qu'elle voulait.

Leurs rires bruyants m'apaisaient et m'agaçaient à la fois. Souvent, il tournait le regard vers moi comme pour me dire que ma fille était merveilleuse, mais il ne le dit jamais.

Ma mère oscillait entre angoisse et tremblements à peine perceptibles. Même sans lever la tête, je la sentais chercher constamment mon regard. J'allais et venais dans l'appartement pour ranger des choses qui l'étaient déjà. Cinq minutes plus tôt, avant de sortir avec Jean-Claude, Mesrine m'avait mise en garde :

– Méfiez-vous ! Lui, c'est pas moi. C'est un jeune gangster qui tire plus vite que moi. Vous voyez, dans ce sac posé là, il y a des grenades. S'il arrive n'importe quoi, il s'en servira, soyez-en certaine.

L'autre l'avait écouté sans broncher, imperturbable. Avec cette simple phrase, il avait atteint son but : j'avais une peur bleue de cet homme, de ses silences, de ses gestes et même de son extrême politesse.

Florence passa dans la salle de bains. D'habitude, comme je commençais mon travail avant l'ouverture de l'école primaire, je l'accompagnais chaque matin chez la gardienne de mon lycée. C'était elle qui l'y conduisait le moment venu.

Là où d'autres enfants auraient sauté de joie, ma fille, elle, fut déçue de ne pas rejoindre sa classe ce matin-là. Pour tenter de lui donner une explication plausible, il me prit à témoin et m'entraîna ainsi à son secours :

– Non ! Ce matin, tu ne vas pas à l'école, Florence.

– Et pourquoi ?

– On va dire que tu es malade, comme ça tu pourras rester discuter avec moi… Et puis, c'est le dernier jour, tu sais… C'est jamais très important.

– Mais je ne suis pas malade !

Face à son entêtement, il lui dit alors que l'école était fermée ce matin et qu'elle pourrait y retourner cet après-midi. Je ne sais pas par quel miracle elle goba ses bobards. Afin de noyer le poisson, il lui demanda de lui montrer son album photos. Trop heureuse qu'un « copain » de papa s'intéresse à elle, Florence ouvrit son trésor et détailla chacun des clichés. De ses premiers pas aux souvenirs de vacances, des repas de famille aux week-ends passés dans notre caravane en Seine-et-Marne, elle lui dévoilait tout sur sa vie et sur la nôtre.

Lui, regardait, écoutait, souriait, mais ne touchait aucun objet. Comme pour se protéger d'une éventuelle tentation, il se tenait les bras croisés dans le dos.

Et puis, tout à coup, le téléphone se mit à sonner. Nous nous regardâmes tous comme si cette éventualité n'avait été envisagée par personne. Le complice vint vers moi, approcha l'écouteur de son oreille, puis me demanda de décrocher et de ne surtout pas faire de bêtise.

C'était ma collègue de travail qui s'inquiétait de mon absence. Il écoutait et me dictait strictement les réponses :

– Dites que vous êtes malade, que vous n'avez pas été bien pendant la nuit.

Cela tombait assez bien car ma collègue, elle aussi, avait eu une nuit agitée. Elle décrivit longuement les symptômes de son malaise, je me contentai de la laisser parler et de la plaindre sans m'étendre. L'autre était à mes côtés, le ton de notre conversation semblait le satisfaire. Nous nous saluâmes.

Depuis leur entrée dans l'appartement, c'était la première fois que l'un des bandits se tenait si près de moi. J'avais pu sentir son souffle et percevoir une menace latente au fond de ses yeux.

Florence, restée auprès de sa grand-mère, ne posa aucune question à notre retour. Elle fut heureuse de retrouver son nouvel ami, il lui restait tant de choses à lui montrer.

Je regardai la photo encadrée où nous étions tous les trois. Elle trônait sur le meuble de la salle à manger. Y aurait-il encore d'autres traces de nous trois après cette journée ? Je voulais croire que oui, et pourtant mes humeurs faisaient rapidement volte-face.

J'imaginais Jean-Claude à la banque avec son gangster. Je devinais la tête des employés, celle de son directeur. Et si le coffre ne contenait pas assez d'argent à son goût, nous laisseraient-ils tranquilles comme ils l'avaient promis ? Comment croire à la parole de ces gens ?

Des individus capables de tirer, de s'évader, de braquer, de défier, de séquestrer, que pouvaient-ils bien penser ?

La réputation de Mesrine ne laissait aucun doute quant à l'exécution de ses menaces, mais d'un autre côté, il était apparu si aimable, si prévenant.

Pour toutes ces raisons, la photo de notre famille représentait une foule de souvenirs auxquels se mêlaient à présent les portraits de deux truands. J'entendais dans un coin de ma tête la voix de Florence qui riait avec l'un d'entre eux, et dans un autre me parvenaient déjà les sirènes stridentes des voitures de police.

Quand le téléphone sonna pour la deuxième fois, je sursautai violemment. Selon le même scénario, il me mit en garde d'un simple signe du doigt.

Ce coup-ci, c'était Mme Roque, la concierge de mon lycée. L'absence de Florence la surprenait. J'écourtais notre conversation.

Jean-Claude.
Quelque part entre Villemomble et Paris, 9 h 30

À cet instant, j'aurais donné n'importe quoi pour être un anonyme parmi la foule, pour traverser aux passages cloutés et me rendre à un travail quelconque. Mon directeur ne disait rien, mais le même genre de pensées devait traverser son esprit. Les destins basculent comme ça d'une minute à l'autre. À la suite d'un hold-up cinq ans plus tôt et d'un témoignage anodin lors d'un procès aux multiples chefs d'accusation, j'entraînais ma famille dans un cauchemar dont j'étais loin de soupçonner les dommages.

Une petite fille marchait le long du trottoir. Elle portait une veste un peu comme celle de Florence. Un cartable dans le dos, elle entrait dans la cour d'une école. Ma fille à moi n'avait pas école ce matin pour cause de prise d'otages. Elle devait se douter de quelque chose à présent. Elle était loin d'être naïve au point de ne rien percevoir dans les yeux de son geôlier. Et puis, sa grand-mère était trop mal pour ne pas avoir éveillé sa curiosité. Mesrine me tira de mes suppositions :

– Tu t'arrêteras là-bas, à la station-service…

Il pria aimablement le directeur de descendre avec lui.

– Toi, tu restes au volant et tu nous attends. J'ai un coup de fil à passer.

Ils se dirigèrent à l'intérieur de la station et revinrent au bout de deux minutes reprendre place dans la 504. Je m'engageai sur le boulevard périphérique et n'en sortis qu'à la porte de la Villette. Il me dit alors de prendre par la rue de Flandre, puis de rejoindre la rue La Fayette. Il m'ordonna de me ranger sur la droite à la hauteur de la station Louis-Blanc.

– Bon ! C'est ici que nos chemins se séparent. Ta famille est libre et toi aussi à présent. Je te remercie pour ta coopération… Et vous aussi, monsieur… Allez, salut !

Noisy-le-Sec, 9 h 45

La complicité entre Florence et Besse me portait sur les nerfs. Je tentai d'avoir une conversation normale avec ma mère, mais elle était ailleurs. Elle me fixait béatement sans me voir vraiment. J'avais envie de prendre sa main, mais ma fille se serait doutée de quelque chose, et qui sait ce que cela aurait pu entraîner. La sonnerie du téléphone retentit une fois seulement et s'arrêta. À peine eus-je le temps de me rasseoir que l'appareil se remit à sonner. Besse me poussa gentiment mais assez énergiquement pour me faire comprendre de le laisser décrocher.

– Allô ! C'est bon… OK.

Le dialogue avait été bref. Il essuya consciencieusement le combiné avec son mouchoir et me regarda comme pour me faire comprendre que nous allions rester en vie. Puis il attrapa le sac censé contenir les grenades et déposa un baiser sur le front de Florence. Elle paraissait presque triste de le voir partir.

– Je m'en vais, mais vous, vous ne bougez pas d'ici, et surtout pas de coup de téléphone. Votre mari est toujours avec mon ami, alors ne faites rien avant une heure. De toute façon, n'oubliez pas qu'on vous surveille en bas de l'immeuble. Si vous tentez quoi que ce soit, je serai averti et ça m'obligerait à revenir. Vous ne souhaitez pas me revoir, n'est-ce pas ?

Il aurait pu me demander de ne pas bouger le reste de la journée, j'aurais obéi sans discuter. Non, je n'avais plus envie de le revoir, mais je ne répondis pas à sa question, ni par la voix ni d'un hochement de tête. Après qu'il eut refermé la porte derrière lui, je tentai de garder mon calme. Je voulus prendre les tasses, les verres et les rapporter à la cuisine, mais j'eus soudain un mouvement de recul. À leur arrivée, les policiers rechercheraient certainement des empreintes dans l'appartement. Alors, je demandai simplement à Florence de se préparer, car j'allais bientôt l'accompagner à l'école. Ses yeux restèrent hébétés, mais elle ne releva pas ce brusque revirement et partit s'habiller dans sa chambre. Je profitai de son éloignement pour réclamer à ma mère encore un peu de patience avant de craquer. En guise de réponse, elle me serra fort la main, puis approcha ses lèvres de mon oreille :

– J'ai regardé par la fenêtre et je l'ai vu partir à toute allure sur une moto.

Je reconnaissais bien là son tempérament. Toutes ces années à vivre auprès d'un mari rebelle avaient forcément laissé des séquelles indélébiles. Elle comprit immédiatement ce que signifiait mon silence. Elle se tenait là, devant moi, inquiète mais fière d'avoir transgressé les ordres du maigrichon. Son expression était semblable à celle qu'elle avait affichée une heure et demie plus tôt, quand elle avait traité Mesrine de « voleur de pauvres ».

Je faillis me laisser emporter par une colère noire, mais comme je fermais nerveusement les paupières pour me calmer, le souvenir de mon père me revint. S'il avait été encore de ce monde, Dieu seul sait ce qu'il serait advenu. Il y avait fort à parier que, poussé par l'héroïsme et sa soif de justice, il n'aurait pas hésité à défier la réputation des deux hommes.

Une heure, ça paraît interminable quand les secondes frappent violemment dans la poitrine ! Il était parti, pourtant je redoutais de le voir réapparaître à tout moment. Ils avaient imprégné l'air de l'appartement de miasmes oppressants et indissolubles. Désormais, chaque objet passé entre leurs mains porterait des cicatrices indélébiles.

Le téléphone sonna un peu avant la fin de l'ultimatum.

– Bonjour, Jeannine, ça va ? Il est parti ?

J.-P. B.-M., un collègue de la banque, ne me laissa pas le temps de lui demander des nouvelles de Jean-Claude.

– Bon ! Alors, j'appelle la police. À plus tard !

Le collègue de mon mari, habituellement plus bavard, raccrocha aussi sèchement qu'il m'avait parlé. Maintenant, la priorité était d'éloigner au plus vite ma fille avant l'arrivée de la police.

Mme Roque, la concierge du lycée d'enseignement professionnel de la rue de Brément, ne chercha pas à en savoir davantage. Elle prit Florence par la main et l'accompagna jusqu'à son école. Ce fut seulement après qu'elles eurent viré à l'angle de la rue Elsa-Triolet que la pression retomba. Les nombreux passants qui me croisèrent sur le chemin du retour durent me prendre pour une dingue. L'acidité des larmes brûlait le fond de ma gorge.

Aveuglée par cette déferlante irritante, j'avançais de travers sur les dalles grises du square, ne relevant la tête que pour tenter d'inspirer profondément. Je dus rencontrer quelques voisines, mais ne prêtai pas attention à leur inquiétude. De son côté, ma mère avait elle aussi fini par craquer.

Un quart d'heure plus tard, on frappa à la porte.

– Ouvrez ! C'est la police.

Les hommes se rejoignirent dans le square. Ils sortirent des entrées d'immeubles voisins, de derrière les bâtiments. Ceux qui étaient massés aux croisements remontèrent dans les fourgons, et une fois le cortège formé, ils s'éloignèrent dans un concert de sirènes. Les curieux abandonnèrent leurs fenêtres pour se regrouper sur le parvis. D'un geste, les plus éclairés indiquèrent du doigt la zone dans laquelle s'était située l'intervention. Ils ne savaient rien, alors ils se contentaient de singer. Plusieurs groupes se formèrent. Il était midi.

Les policiers n'avaient trouvé aucune empreinte, et ils n'insistèrent pas, tant l'évidence leur crevait les yeux.

Jean-Claude rentra une demi-heure plus tard, accompagné de son directeur.

Les mots restèrent figés au fond des gorges comme si tout avait été dit, chacun s'efforçant d'afficher un semblant de sérénité.

Nous prîmes place dans le salon en évitant machinalement de nous asseoir sur les sièges occupés par les bandits. Le directeur, une fois rassuré sur notre état, demanda à Jean-Claude s'il préférait rester à la maison cet après-midi. Mon mari répondit spontanément qu'il serait présent à l'agence.

À partir de cet instant, je suis incapable de dire ce que nous avons fait jusqu'à 14 heures.

Deux jeunes policiers revinrent en milieu d'après-midi avec une machine à écrire pour enregistrer ma déposition. Ils se contentèrent d'écouter et de noter. Leur sympathie tranchait avec les brutalités verbales dont avaient fait preuve leurs collègues en fin de matinée.

Les coups de fil s'enchaînèrent dès leur départ. La presse commençait à s'agiter. Les premiers à frapper furent les reporters de la première chaîne. Avant qu'ils n'installent leur lourd matériel dans l'appartement, j'obtins la promesse de rester anonyme, bien calée dans le contre-jour de la fenêtre.

Pendant que l'énorme caméra était occupée à me cadrer, une autre balayait la pièce au fur et à mesure de ma reconstitution. Les techniciens écoutaient tous attentivement, comme si, pour une fois, quelque chose les faisait enfin vibrer. La seconde chaîne croisa la première à la sortie de l'ascenseur, puis ce fut le tour des radios et des journaux.

Lorsque je descendis pour aller récupérer Florence, je ne pus échapper aux voisins. Ils formaient une allée devant le hall. Il y avait là ceux avec qui nous avions l'habitude d'échanger quelques mots tous les jours et puis d'autres qui préféraient ordinairement baisser la tête à mon passage. Ce jour-là, tous souhaitaient un scoop, des bribes de vérité au milieu des spéculations avancées par la rumeur, sujets de commentaires à l'heure des courses ou du dîner. Je fus certainement assez avare en détails.

L'insouciance de ma fille me fit un bien énorme. L'innocence la conduisit à me demander si les copains de papa allaient revenir passer un moment à la maison. Même lorsque nous regardâmes le journal télévisé du soir, elle reconnut les portraits de nos « invités » du matin, mais ne comprit rien aux explications du présentateur. Comme convenu, les médias avaient tous respecté le pacte de discrétion. Je fus plus amusée par la force de mon accent qu'attentive à ce que j'avais bien pu dire.

Une fois les informations terminées, et pour nous changer les idées, nous fîmes une apparition à la fête de l'école. Les collègues préférèrent me soutenir d'un regard entendu plutôt que de chercher à me faire rabâcher la même rengaine. On ne m'avait jamais témoigné autant de réconfort et d'attention. Je bus pas mal de verres, assez en tout cas pour me sentir rapidement plus à l'aise.

Jean-Claude ayant pris son samedi, nous décidâmes le soir même de nous rendre tous les quatre dès les premières heures de la matinée en Seine-et-Marne dans notre caravane.

– Allô ! Allô !

Les coups de fil reprirent dès les premiers rayons du soleil. Personne au bout du fil... La famille de mon mari, la mienne, les amis, tous avaient attendu qu'il soit 8 heures pour nous joindre.

Parmi ce méli-mélo d'intimes et d'inconnus, un homme prévenant voulut à tout prix nous offrir un chien de garde. Et ces fichus appels sans personne au bout du fil continuèrent. Plus tard, ma mère décrocha. On souhaitait me parler. C'était pour m'insulter, pour me reprocher d'avoir osé qualifier Mesrine de gentleman. Tout juste si cet homme ne me soupçonna pas de complicité. Je laissai le combiné décroché.

Tout ce cirque finit par accélérer nos préparatifs, mais les incessantes sonneries m'avaient perturbée. Je filai chez le médecin en attendant que tout le monde soit prêt. Elle me prescrivit un anxiolytique et du repos.

Le repos, nous le trouvions chaque week-end à la campagne, à soixante-dix kilomètres de Paris, à Amillis au sud de Coulommiers. Nous louions à l'année, sur les terres d'un fermier, un vaste emplacement protégé par un écrin de verdure.

Ici, nous étions bien loin des campings animés et des discussions bruyantes autour de l'apéro. La dizaine de caravaniers que nous étions passait le plus clair de son temps entre balades, siestes et toutes autres sortes de farniente. Les nuits, merveilleusement douces, n'étaient troublées que par le chant du coq au petit matin. Le contraste avec la cité nous plongeait dès notre arrivée dans une espèce de plénitude royale, et ce jour-là plus encore.

Nous nous installâmes dans nos « relax » à l'ombre des grands chênes. Ma mère tenta à deux ou trois reprises de nous ramener vingt-quatre heures en arrière, mais elle se lassa vite de notre apparente indifférence.

Jean-Claude rentra du village avec, dans le cabas, des journaux discrètement pliés. À la vue de la une de *L'Aurore*, je dus m'asseoir : MESRINE EN DOUCEUR.

Après avoir insisté longuement sur la manière adoptée par l'équipe d'Argentine pour être sacrée championne du monde sur ses terres, la presse, en ce début de période estivale, ne reculait devant rien pour idéaliser les tribulations des hommes les plus recherchés de France.

Comment Pierre Dumas pouvait-il se permettre de convier ses lecteurs à associer la douceur à une telle épreuve ?

Il n'hésitait pas à comparer l'ennemi public numéro un à un « gentil organisateur » du Club Méditerranée… Pas sûr que M. Trigano se soit réjoui d'une telle publicité. Quant à moi, si après coup j'avais tenu à saluer la courtoisie de nos geôliers devant les caméras, c'était uniquement pour les remercier de ne pas nous avoir ôté la vie.

Il avait beau nous laisser imaginer le contraire, mon mari ressassait intérieurement le déroulement des opérations. Ce ne fut que plus tard qu'il me confia avoir subi un interrogatoire assez vif dans les bureaux de la brigade de répression du banditisme à Aulnay-sous-Bois. Les policiers n'avaient pas caché qu'ils avaient des doutes sur son rôle. Victime de deux attaques perpétrées par le même homme à quelques années d'intervalle… Ils ne s'étaient pas privés d'envisager la complicité. À la sortie du PC, le directeur lui confia même avoir été questionné sur une éventuelle implication de son employé dans cette affaire. L'amertume avait rendu les flics prêts à tout pour servir à la presse les preuves de leur pugnacité. La contrariété se lisait dans le creux des joues de mon mari. Aucun de ces hommes ne pouvait seulement imaginer à quel point Mesrine prenait soin de chaque détail. Je suis même persuadée que certains fanfarons rêvaient secrètement de ne pas avoir à croiser un jour son chemin.

Le dimanche passa trop vite, tout comme la route du retour. En apercevant au loin les tours de la cité, je fermai les yeux, comme pour refuser de croire que nous retournions en enfer.

Au moment de descendre de voiture, une grosse moto déboula dans la rue et passa devant nous à une vitesse folle. Je retombai sur mon siège et claquai violemment la portière. Les mains collées contre mes oreilles et les yeux scellés, il me fut impossible d'esquisser le moindre geste. Jean-Claude me caressa doucement les cheveux et me pria de bien vouloir descendre.

Je fis le tour de l'appartement pour vérifier que personne ne se cachait derrière les portes ou sous les lits. Il me fallait dormir. Avaler un cachet et me coucher pour tenter de faire disparaître les fantômes.

Les appels anonymes, les menaces, les insultes et fort heureusement les messages de réconfort occupèrent la matinée du lundi. La fin de l'année scolaire ne signifiait pas pour autant les vacances, il me restait une bonne semaine à travailler sur les dossiers de la rentrée.

À son tour, la presse étrangère se manifesta. Les échos de notre mésaventure étaient parvenus jusque dans les rédactions des médias britanniques. Quelques semaines plus tard, la BBC proposa à mon mari de venir à Londres pour superviser le scénario d'un téléfilm en préparation, mais nous refusâmes toute sollicitation pendant près de trente ans.

La semaine suivante, ma mère fut accueillie par ses amis à Bordeaux telle une héroïne. Il faut dire qu'à défaut d'avoir vu passer Mesrine sur les bords de la Garonne, la région se souvenait de François Besse.

La trame de ce fait divers plaisait, parce que nous étions encore en vie pour témoigner, mais c'était pour ces mêmes raisons qu'elle s'installerait rapidement dans la banalité. Nous étions trop bien portants pour décrédibiliser l'image de Mesrine.

J'avais soigneusement classé les unes des quotidiens et les articles parus les premiers jours de juillet. En les relisant une énième fois m'apparurent alors d'autres images, d'autres gros titres :

UNE FAMILLE ENTIÈRE EXÉCUTÉE
PAR L'ENNEMI PUBLIC NUMÉRO UN

MESRINE ABAT LES TÉMOINS DE SON PROCÈS

LA PRISE D'OTAGES TOURNE AU DRAME

LE HOLD-UP ÉCHOUE, MESRINE ET SON COMPLICE S'EN PRENNENT AUX OTAGES

Les photos montraient les voisins se prenant la tête entre les mains. Seule rescapée de ce massacre, Florence, soutenue par deux mains policières, pleurait à genoux face à nos corps recouverts d'un drap. Broussard avait la pipe nerveuse. Les employés de la banque racontaient ce qu'ils savaient :

« … Ce matin, Jean-Claude est arrivé avec un peu de retard. Il était accompagné par un homme semblant bien le connaître. Ils sont rentrés dans son bureau, et quelques minutes plus tard le directeur les a rejoints. Et puis, je les ai vus descendre dans la salle des coffres après avoir demandé à la caissière de leur ouvrir. Elle est remontée en courant et a immédiatement appuyé sur l'alarme. J'ai ensuite entendu deux coups de feu et c'est à ce moment-là que tout le monde s'est mis à hurler. Entre les cris et les hurlements de la sirène, c'était effroyable. Certains collègues ont fui dans la rue, tandis que d'autres n'ont pas eu le temps. L'inconnu est remonté seul, une arme à la main. Il était nerveux et très en colère. Il nous a mis en joue et a décroché le premier téléphone qui se présentait. Il a dit à la personne qu'il avait au bout du fil : "Tout a foiré ! Ces salauds ont voulu jouer les héros… On fait comme on a dit." Après ça, il a tiré une fois en l'air et s'est enfui en laissant une sacoche vide sur le comptoir.

« Ce qui est arrivé est affreux ! C'est seulement une heure après, en même temps que nous avons su qu'il s'agissait de Mesrine, que nous avons appris pour la famille de Jean-Claude… C'est épouvantable. »

Dans mes pensées, alors que j'étais accoudée face aux journaux, nous étions tous morts. Ces obsessions allèrent longtemps bien au-delà de la table de la cuisine. Les yeux dans le vague, je me trouvais perdue dans un film que j'étais seule à voir défiler.

Après trois semaines d'amnésie passées entre *sol y sombra* non loin des hautes tours de Benidorm, nous revînmes plus fringants pour affronter les humeurs de la rentrée. Ce n'est pas une légende, septembre était synonyme de cafard. Les valises sentaient encore l'ambre solaire, mais l'odeur des cartables neufs mettait brutalement fin à l'été.

Un matin, il était 7 h 30 lorsqu'on sonna à la porte… C'était une collègue de bureau qui venait me porter un lapin de sa campagne. Quand elle me vit toute tremblante, elle abandonna l'idée de se faire offrir un café… Les séquelles étaient bien persistantes.

Chacun vaquait à préparer ses petites affaires, Florence rentrait en classe supérieure, et cette promotion passait forcément par l'achat de fournitures à la hauteur de nos encouragements. Les médicaments agissaient désormais en profondeur et déposaient sur les souvenirs un semblant de crêpe noir. Ils n'effaçaient pas la psychose, ils la rendaient juste plus supportable.

À présent, le temps commençait à me faire voir les choses autrement. Mesrine ne m'avait pas envoyé de fleurs comme il l'avait promis, c'était un détail bien sûr auquel je n'attachais aucune importance, mais je comprenais à présent le poids de mes paroles lorsque j'avais qualifié les braqueurs de gentlemen.

Ce fut aussi à ce moment-là qu'étrangement notre entourage eut tendance à reléguer notre histoire au rang de fâcheux incident sans conséquence. Pourtant, je les savais bien tenaces, ces séquelles. Je n'avais qu'à me regarder dans une glace pour apercevoir de nouvelles rides sur mon visage, des rides dont le soleil n'avait pas à porter la responsabilité. De nouveaux cheveux blancs fleurissaient ici et là dans la chevelure de mon mari, et la nervosité semblait avoir pris possession de certains de nos gestes.

Les amis se chargeaient de nous tenir informés des dernières frasques de nos deux hommes, tout au moins de celles qui lui étaient attribuées par les autorités, car le problème était clair : à défaut de posséder la moindre piste, la police les voyait partout, y compris dans des crimes qui ne leur ressemblaient pas.

Isabelle de Wangen avait jeté un pavé dans la mare avant notre départ pour l'Espagne, histoire de pimenter un peu nos vacances. On ne sait par quel concours de circonstances cette journaliste sans scrupules était parvenue à réaliser une interview secrète de l'homme le plus recherché de France. Il lui confia avoir réalisé avec nous une prise d'otages psychologique. L'article parut en plein cœur de l'été simultanément en France dans le *Paris Match* du 4 août 1978 et au Canada dans la revue *Photo Police*, un hebdomadaire fondé par un ancien avocat de Mesrine. Cette femme comparut en cour criminelle pour non-dénonciation de criminel dangereux. Mais comment s'y retrouver dans une jungle où le sang versé et les traumatismes des victimes sont à ce point méprisés au profit du sensationnel ?

Jean-Claude et moi n'avions pas le cœur à rire. Et s'il revenait… Je n'osais en parler à personne, pourtant cette éventualité trottait dans ma tête. Il pouvait se cacher derrière l'apparence de n'importe quel type croisé dans un parc ou au supermarché. Cette psychose n'en finissait pas, et au vu des commentaires de l'époque, peu de gens me comprenaient.

Au mois de novembre, Mesrine tenta d'enlever le juge Petit à son domicile. Un enlèvement raté sur tous les points : le juge n'était pas là et sa famille eut le temps de donner l'alerte. Un fiasco total qui se termina par un nouvel échange de coups de feu et par une fuite miraculeuse. Sa détermination à régler ses comptes avec d'anciennes connaissances ne réjouissait que des admirateurs en quête d'un nouveau héros.

Nous, nous savions. Nos yeux avaient croisé les siens, et c'était suffisant pour garantir que, derrière ce regard, l'adrénaline agissait telle une incroyable dépendance.

Après les fêtes de fin d'année, l'éditeur Jean-Claude Lattès reçut un courrier surprenant. Mesrine lui réclamait deux cent trente mille francs au titre des droits d'auteur sur *L'Instinct de mort* qu'il avait écrit en prison [3]. Il consigna,

3. Jacques Mesrine, *L'Instinct de mort, op. cit.*

entre autres choses, dans cette lettre, que « l'on devient criminel soit comme certains deviennent curés, soit par vocation ». Étrange parallèle que celui-là !

Les jours qui suivirent, on lui attribua quelques hold-up dont celui d'un supermarché à Massy, mais si le style correspondait au sien, il ne fut jamais reconnu formellement. Sans prétendre compter parmi ses intimes, nous étions quasiment certains que si tel avait été le cas, Mesrine n'aurait pas hésité à en revendiquer haut et fort la paternité.

Voyant passer une énième circulaire adressée aux employés de banque, Jean-Claude reconnut dans les nouvelles consignes à respecter en cas d'attaque des parades inspirées des techniques de notre ravisseur. Il ne dit rien, mais je savais qu'il lui arrivait de penser à une éventuelle troisième fois.

Dans l'immeuble comme dans notre entourage, si personne n'avait oublié, beaucoup tentèrent avec plus ou moins de délicatesse de dédramatiser la matinée du 30 juin 1978. À les écouter, nous devions presque tirer une certaine fierté de cette journée, non parce qu'une part de chance nous avait permis d'en sortir vivants, mais pour avoir eu l'honneur de croiser de tels personnages.

Leur admiration fut à peine contrariée le jour où Mesrine enleva le riche homme d'affaires Henri Lelièvre pour obtenir une forte rançon. Un million de francs, c'était beaucoup d'argent, mais selon eux, il pouvait se permettre de payer pour rester en vie… Et voilà comment le criminel leur apparut définitivement comme un demi-dieu. Il en fut tout autant lorsqu'il tendit un véritable guet-apens à Jacques Tillier, journaliste au journal *Minute*, qu'il laissa pour mort, touché par balles.

Comme si la Toussaint ne suffisait pas à recouvrir les cœurs d'un voile sombre, il fallait que le ciel ajoute sa touche grisâtre. Les vignes sous la pluie, c'est triste en toute saison, mais en automne, c'est lugubre.

Nous avions profité du pont du 1er novembre pour passer quelques jours auprès de ma mère dans la région bordelaise. La fête des Morts réjouissait au moins les vendeurs de chrysanthèmes massés devant l'entrée des cimetières.

Le lendemain du pèlerinage national, nous choisîmes de faire une tournée dans la famille et chez des amis. Nous restâmes à déjeuner chez les uns et trinquâmes chez les autres au rythme de ces vendredis chômés trop frais et trop humides pour que nous puissions profiter de l'extérieur.

Pendant que nous peinions à trouver une place pour le dernier dessert préparé par la maîtresse de maison, à cinq cents kilomètres des bords de la Garonne, une puissante BMW marron s'apprêtait à quitter Paris pour un week-end à la campagne. À son bord, un couple et un petit caniche blanc. Ils avaient préféré laisser le flot des Parisiens s'échapper la veille de la capitale.

Les derniers chineurs professionnels du marché aux puces de Clignancourt battaient en retraite vers les parkings ou la station de métro lorsqu'une longue salve de coups de feu couvrit le bruit de la circulation. Elle venait de la place. Des femmes se mirent à hurler, de violents crissements de pneus fusèrent des pavés, et des hommes arme au poing sortirent en courant de tous les recoins du quartier.

La portière côté passager de la BMW s'ouvrit lentement. Une jeune femme voûtée comme une vieillarde réussit à sortir de la voiture. Elle fit quelques pas, peut-être un mètre ou deux, avant de s'effondrer lourdement sur le pavé. Devant la voiture, le camion bleu débâché à l'arrière laissait apparaître des hommes en armes visiblement satisfaits.

Une main dans la poche de son pantalon prince-de-galles, le commissaire Broussard ne cachait pas sa joie. Il affichait un sourire éteint depuis des années. Les impacts de balles sur le pare-brise de la voiture se concentraient essentiellement côté chauffeur. Un homme déposa une perruque frisée sur le capot. Bientôt, les policiers en tenue délimitèrent un périmètre dans lequel seuls des hommes costumés et cravatés étaient autorisés à pénétrer. La foule tentait sur la pointe des pieds d'apercevoir un indice qui aurait pu conforter la timide rumeur qui commençait à circuler.

Ce fut à peu près comme ça que, tout comme nous, la France apprit au journal télévisé les sombres détails du piège tendu à Jacques Mesrine. Les images n'épargnaient pas la sensibilité des plus vulnérables, loin s'en faut. Jean-Claude prit ma main sans tourner la tête vers moi.

– C'est fini ! Nous sommes débarrassés d'une belle ordure...

À peine Mesrine fut-il mort que des voix bien pensantes s'élevèrent pour parler d'assassinat. Les intellectuels des beaux quartiers s'insurgèrent contre la manière dont la police venait de classer l'affaire. Pauvres gens !

Au milieu d'un nuage de fumée, dans l'arrière-salle du café des *Deux Magots*, ils promurent le criminel au rang de héros national. Dans l'atmosphère ouatée de ce haut lieu de la pensée philosophique, ils osèrent parler de complot, d'assassinat, d'exécution sommaire, de justice fasciste, de police criminelle. Au diable les otages, les victimes, les terrorisés à vie, les hommes et les femmes qui devraient toute leur existence trembler à chaque coup de sonnette, à chaque crissement de pneu, à chaque tir de feu d'artifice !

Au nom de la liberté de dire, d'écrire et de penser, quelques journaux et quelques voix en mal d'audience n'eurent aucun scrupule à envenimer la polémique.

J'étais révoltée. Jean-Claude avait bien raison de dire que nous étions débarrassés d'une belle ordure, mais il aurait fallu se contenter de le penser et non le dire. L'opinion publique était définitivement partagée en deux. En gros, chaque fois que nous osions parler de justice rendue telle qu'elle devait l'être, il y avait un malaise.

Les obsèques du « héros » rassemblèrent deux cents personnes dans la petite église de Clichy. Un enterrement filmé, photographié, immortalisé par les magazines telle une cérémonie d'envergure nationale. La France avait « pété un plomb », et nous, nous culpabilisions au point de devoir parfois taire notre soulagement.

Les derniers exemplaires encore en vente de *L'Instinct de mort* partirent comme des petits pains et se négocièrent cher dès que le tirage fut épuisé. Les otages, eux, durent garder pour eux l'instinct de vie grâce auquel ils trouvaient aujourd'hui la force de se taire.

Par la suite, les policiers découvrirent dans sa planque du XVIIIe arrondissement de fausses plaques d'immatriculation et une cinquantaine de faux papiers d'identité parmi lesquels, hormis les cartes officielles de police, figurait une carte tricolore au nom de Jean-Claude, le présentant comme un inspecteur principal du ministère des Finances.

Longtemps après, Jean-Claude reçut une convocation l'invitant à aller récupérer son attaché-case. Il se sentit mal. Le désarroi ne cessa qu'à son retour du commissariat, où on lui remit la fameuse mallette ainsi que des photos d'identité qui s'y trouvaient le jour du hold-up. Certaines avaient servi à établir des faux.

Il se rappelait que, lorsque les fonctionnaires de police avaient saisi ses photos, ils avaient lancé un avis de recherche à son encontre.

Dès le lendemain, comme pour exorciser une part de passé, Jean-Claude déposa la mallette dans la première poubelle venue.

Aucune plaque officielle n'en témoigne. Pourtant, détenus et gardiens ont baptisé les miradors de la maison d'arrêt de Gradignan, en banlieue bordelaise : « Miradors Besse ».

La prison modèle n'en possédait pas avant son évasion. C'était au temps où l'administration pénitentiaire en faisait sa vitrine.

Peut-être doté d'une sensibilité exceptionnelle, François Besse percevait-il, ces fameux soirs de grand vent, depuis les grilles de sa cellule, le tintement des pièces usinées à l'hôtel de la monnaie situé dans la commune voisine ?

Le 9 mai 1971, jour où il déjoua tous les pièges tendus par la technologie, il entreprit de se faire un surnom, une réputation et le palmarès allant avec. « L'anguille » prit la tangente pour aller retrouver l'air du large, faisant voler en éclats tous les principes de la prison modèle. Repris trois ans plus tard, on l'y renferma comme pour le mettre au défi devant les nouveaux miradors portant son nom. Quel honneur ! Mais avec ou sans tours de guet, il s'évada à nouveau.

Nous ne connaissions du « glorieux » passé de Besse que l'épisode nous concernant, et si quelques-unes de ses frasques ne nous avaient pas laissés indifférents, c'était parce qu'elles faisaient suite à notre « rencontre ».

Nous nous arrêtâmes sur ces frasques lorsque, quelques semaines avant le procès de Besse, fut diffusé à la télévision un documentaire[4] relatant avec une certaine nostalgie une

4. *Faites entrer l'accusé* présenté par Christophe Hondelatte, 29 mai 2002, France 2.

époque où, d'après les propos d'un journaliste de l'époque, il y avait quelque chose de chevaleresque dans la manière d'opérer de certains bandits.

Lucien Aimé-Blanc se souvenait d'une de ses conversations avec l'« anguille » :

« J'en ai marre ! Ma vie ressemble à la campagne du Vietnam. Je veux me casser à Goa, aux Indes. Il paraît que là-bas, c'est joli et tranquille. Avec quatre mille francs par mois, on est le roi du pétrole.

« – Pour te casser là-bas, faut d'abord t'évader !

« – Ça, c'est pas un problème ! »

Nous pouvions effectivement nous imaginer dans un épisode d'Arsène Lupin. L'étrange conversation entre Besse et Lucien Aimé-Blanc, le flic de choc, avait quelque chose de surréaliste. Dans cette rétrospective, le haut fonctionnaire de police en retraite évoquait ses rapports avec Besse avec mansuétude.

Quatre mois après cette entrevue, notre homme s'évada du palais de justice de Bruxelles de manière spectaculaire : il tira de dessous son banc une arme préalablement scotchée, enlaça le juge avec son autre bras et tous deux sortirent du tribunal.

Devant les grilles, il lâcha le juge et sauta sur une moto. À peine quelques heures après sa cavale, il envoya au commissaire qui l'avait interrogé trois billets de vingt francs belges sur lesquels il apposa sa signature.

Et le journaliste de dresser un portrait aimable du personnage : « petit François » portait le nom de sa mère car son père, anarchiste espagnol fuyant le franquisme, n'avait pas souhaité le reconnaître. Gamin, il souffrit de rachitisme et se bâtit une vie de Robin des Bois dans un parc de Cognac.

À treize ans, nous dit-on sur un ton touchant, il pissait encore au lit. Nul à l'école, il parvint à piquer un billet dans la caisse en allant récupérer un ballon chez son voisin le charbonnier. Il prit goût à ces visites régulières jusqu'au jour où il fut démasqué.

Sans le certificat d'études, il quitta l'école à quinze ans pour apprendre le métier d'électricien.

Une mère trop fusionnelle, un père alcoolique et violent, l'atmosphère qui régnait dans le pavillon familial le poussa à quitter la maison à l'âge de dix-sept ans. Un an plus tard, il effectua son premier cambriolage dans une usine Olida. Sa première condamnation vint en 1965, puis ce fut le service militaire, avec l'apprentissage des armes et du mitard. Ensuite, il écopa de sept ans pour complicité dans des affaires auxquelles il a toujours nié avoir participé, et laissa une femme enceinte.

Ses évasions, il en parle comme d'un orgasme, une sensation d'excitation puis une satisfaction qui retombe immédiatement une fois dans la rue.

Ce sont elles qui feront de lui une espèce d'icône pour les intellectuels et les révoltés silencieux. Tantôt à l'aide de cordes faites de draps et de couvertures noués, tantôt grâce à des complices toujours invisibles, il s'échappe, se glisse.

Il devint ce genre de type toujours courtois et aimable dès lors qu'il ne se balade pas avec une arme entre les mains, le prototype du braqueur professionnel, spécialiste incontesté des opérations méthodiques et millimétriques.

Sylvia Jeanjacquot, la dernière compagne de Mesrine, décrivit Besse comme un sportif de haut niveau s'infligeant une discipline de fer pour maintenir sa condition physique, un cep de vigne au corps dur comme la pierre. Et Lucien Aimé-Blanc de rajouter :

« C'était un beau gars… L'homme était à l'époque considéré comme étant du milieu parce que le milieu le considérait. Il faisait partie de la génération de Zampa, de Francis le Belge. À la différence de ce dernier, il n'est jamais rentré dans un système organisé tel que la prostitution, la drogue, les bars, les clubs. Il ne s'est jamais créé d'empire. »

Pas d'empire, certes, mais visiblement un fan-club que beaucoup d'artistes des années 1970 auraient pu lui envier.

Il reste notoire que même les flics le respectaient. Peut-être parce qu'ils mesuraient ce qu'une vie « hors la loi » signifie.

À la question d'un juge, la voix du comédien incarnant « l'anguille » répondit :

« Les complicités se payent cher en cavale. Les fois où vous êtes plus impliqué, chaque service se paye cher, très cher, et vous ne cherchez même pas à discuter. »

Après avoir dressé le portrait du gamin, du braqueur puis celui du fugitif, on nous parla de sa vie privée. Le pauvre ne parvenait pas à tisser de liens solides avec ses différentes compagnes. Sauf une : Marie-Ange.

Elle n'avait que seize ans lorsqu'il fit sa connaissance au parloir de sa prison espagnole. Il en avait vingt-trois ans de plus qu'elle. Et le narrateur de nous émouvoir en insistant de façon romanesque sur cet amour si puissant qu'il parvenait à braver les vitres du parloir.

Un amour fusionnel. Un amour qui lui donna des ailes. Les ailes de la liberté puisqu'il s'évada de la prison de Madrid pour la rejoindre.

Cette escapade fut sa plus longue fugue sans avoir à comparaître face à ses juges. Douze ans sans menottes et sans barreaux. Une période durant laquelle il apprendra à la jeune femme ce que devoir vivre avec un flingue à portée de main veut dire. La cavale passa par des meublés infâmes et sordides, par l'Andalousie, l'Italie, le Luxembourg, l'Angleterre, mais aussi par l'Algérie et une maison de pêcheur au Maroc.

On nous conta alors ses prouesses intellectuelles : ses capacités pour apprendre les langues locales seraient, paraît-il, exceptionnelles.

Une petite fille naquit en 1994 de cette union, à Carcassonne et dans la clandestinité. Si, comme il le dit, cette naissance lui fit prendre conscience de ses responsabilités, elle relâcha aussi sa vigilance, et il fut arrêté la même année au Maroc alors qu'en France beaucoup le croyaient mort.

« Je n'ai pu revoir ma fille que quand elle avait onze mois. Je l'ai alors prise dans mes bras et elle a refusé de m'embrasser. »

L'émotion était à son comble ! Lucien Aimé-Blanc lâcha alors une phrase qui résonnerait longtemps dans nos oreilles :

« Sa rencontre avec Mesrine ne fut pour nous qu'une confirmation : il était déjà “star” avant, si l'on peut dire ! »

Si l'on peut dire, oui ! Et nous, alors ! Qui sommes-nous ? De vulgaires accessoires ou des éléments du décor, peut-être !

Le nom de Mesrine, l'incontournable, revint alors dans le reportage tel un élément déterminant, comme pour justifier la portée des exactions commises. Besse relata leur rencontre à la prison de la Santé :

« Il avait des relents racistes. Il essayait de me rallier à sa cause. Il était depuis quatre ans à l'isolement dans les QHS, vivait dans sa mégalomanie et était en train d'écrire son livre. Je ne suis pas tombé sous le charme, mais j'ai compris qu'ensemble nous pourrions réussir à sortir. La société imagine des aventuriers généreux, des Robin des Bois, mais c'est faux, c'est dans l'imaginaire des gens. »

Je vous rassure, monsieur Besse, les films et les articles s'évertuent chaque fois à rendre vos aventures justes et généreuses. L'histoire gardera-t-elle l'image du preneur d'otages, ou bien celle d'un sexagénaire repenti habillé de noir, cachant la panthère noire tatouée sur son biceps gauche ?

Cinq années après notre séquestration, Jean-Claude avait enfin pu obtenir sa mutation à Bordeaux. Il travaillait au siège de la « grande maison » situé cours de l'Intendance et nous louions un charmant appartement de la rue Émile-Combes, la voie principale du quartier Saint-Augustin.

C'était décidé, nous ne remettrions les pieds à Paris que pour y jouer les touristes ou les visiteurs. Je retrouvais ainsi la ville de mon enfance et la proximité de ma famille. Quant à mon mari, quoi qu'il en dise ou plus exactement qu'il ne dise pas, ses pensées étaient marquées au fer rouge et la province aurait peut-être la vertu de calmer ses angoisses.

Notre petite maison était coquette. Elle correspondait à l'image que nous avions d'un rythme de vie sans métro et sans tours comme horizon.

Florence devint lycéenne en même temps que bordelaise. Je n'étais plus la seule désormais dans son entourage à me démarquer par un accent exotique. Nous allions à la plage l'après-midi sans nous soucier des bouchons du retour, et les dimanches nous pouvions passer une journée à la campagne sans craindre de rentrer exténués.

La province agissait comme une douce accoutumance à laquelle nous ne tentions même pas de résister. Le temps faisait son travail, il gravait une ride supplémentaire à chaque anniversaire ou faisait naître une nouvelle courbature. Il avait aussi le pouvoir de métamorphoser Florence à une vitesse éclair, l'enfant laissait place à une adolescente curieuse.

Dans sa mouvance, le temps ne manqua pas d'emporter ma mère avec lui. À sa disparition, nous décidâmes de devenir propriétaires, et là où d'autres auraient choisi d'acquérir une maison loin de la ville, nous préférâmes un appartement situé dans une résidence du Bouscat. Immanquablement, la peur de nous retrouver isolés était bien présente.

Depuis la fin de la cavale de l'ennemi public numéro un, son image était certes encore tenace, mais nous la subissions avec moins de soumission. Quant au « petit », nous le savions derrière les barreaux et pas près d'en sortir de sitôt.

Une étonnante lettre émanant du tribunal de Paris nous parvint au mois de mai 2002. Plus qu'une simple lettre, il s'agissait d'une convocation en date du 12 juin pour témoigner à la barre au procès du rescapé.

Le nom seul de François Besse maintes fois cité dans les pages du courrier suffit alors à me glacer le sang. Les majuscules de ses initiales répétées à chaque ligne devinrent tout à coup géantes. Moi qui me croyais désormais plus forte, je devais me rendre à l'évidence : je ne le serais jamais.

Les jours, et surtout les nuits, qui précédèrent l'audience se peuplèrent de fantômes « perruqués », de pas dans la cage d'escalier, le film repassait au détail près. Nous n'avions pas besoin de nous regarder, mon mari et moi, nous nous connaissions trop pour ne pas deviner l'anxiété contenue dans chacun de nos silences.

Avant l'audience, nous avions rendez-vous avec l'avocate de la Société générale pour une dernière mise au point dite de routine. Je fus d'ailleurs surprise de ne pas voir M. R..., l'ex-directeur de mon mari. À défaut d'être indispensable, sa présence aurait pu au moins paraître réconfortante, mais non, il ne s'était pas présenté, même par solidarité. Son absence pesa sans doute un peu plus dans la décision que je pris de me porter partie civile. L'idée trottait depuis pas mal de nuits dans ma tête, et lorsque impulsivement j'en fis part à l'avocate, le visage de mon mari s'assombrit brusquement. Il sembla atterré tant ma décision le surprit, mais comprenant ma détermination, il ne chercha pas à la contrarier.

La plus étonnée fut sans conteste l'avocate. Elle s'attendait certes à devoir plaider la cause de ses clients, mais visiblement je venais de lui administrer une charge de travail imprévue.

Il régnait dans les couloirs du Palais de Justice une atmosphère des grands jours. Des journalistes profitaient d'une suspension de séance pour fumer cigarette sur cigarette pendant que d'autres dictaient à leurs rédactions les premiers témoignages de la journée. Nous n'entrâmes pas directement dans la salle d'audience, il nous fallut en premier lieu régler toutes les formalités d'indemnisation liées à nos frais de déplacement et de séjour dans la capitale. Et puis, ce fut l'attente. Je serais la première à entrer dans l'arène. J'avais eu beau me préparer à ce moment, les battements de mon cœur me semblaient perceptibles par tous. Dix fois j'entendis des pas dans le couloir, des pas lourds, des pas sûrs, mais dix fois ils ne firent que passer. La porte s'ouvrit sans qu'aucun indice me l'ait fait pressentir.

– Madame Jeannine Martigny, si vous voulez bien me suivre.

Je suivis la femme en prenant soin de me caler sur son pas, puis elle poussa une énorme porte derrière laquelle m'attendait un homme qui sans un mot me fit signe d'avancer jusqu'à la barre. La moiteur de mes mains se fit sentir dès que j'aperçus Besse dans le fond de la salle. Il se tenait assis dans son box devant lequel quatre avocats restaient la tête plongée dans leurs dossiers. Durant ces quelques mètres, j'eus le temps de penser à ma mère là-haut, de la supplier de me donner la force nécessaire pour ne pas craquer.

J'eus aussi le temps de voir les regards se tourner vers moi. Le côté gauche était essentiellement occupé par la presse. Les journalistes me détaillaient de la tête aux pieds. L'autre côté se composait d'un public de tous âges parmi lequel, outre de jeunes magistrats, se glissaient de nombreuses gens en âge de la retraite.

La boule coincée au fond de ma gorge grossit lorsque la voix du président brisa le silence. Après avoir brièvement présenté les faits, il me demanda de lever la main droite et de jurer. Je parvins à avaler ma salive et à lever une main tremblante devant moi. Dès lors, je crus perdre pied tant je sentis dans mon dos le poids des regards. Besse ne me quittait pas des yeux ; je le savais sans même le regarder.

– Reconnaissez-vous dans cette salle celui qui, le 30 juin 1978, vous a séquestrés, vous et votre famille, à votre domicile ? Si oui, veuillez le désigner du doigt.

À partir de cet instant, le ton du magistrat changea radicalement de registre. Il se mit à me parler sèchement et me reprocha sans aucune forme de compassion de ne pas m'être fait suivre à l'époque par la cellule psychologique. Je lui répondis tout aussi lestement qu'en 1978 de tels dispositifs n'existaient pas.

Comment pouvait-il se permettre autant d'arrogance, autant d'agressivité ? Car il s'agissait bien d'agressivité.

La robe qu'il portait ne dissimulait pas sa jeunesse, et ce jeune blanc-bec au verbe insolent ne devait se préoccuper, à l'époque des faits, que d'obtenir de bonnes notes à l'école pour pouvoir accrocher des wagons supplémentaires à son train électrique.

Je l'aurais mordu, griffé, giflé tant il m'agaçait.

Paradoxalement, la seule gentillesse de cette comparution me fut adressée en guise de dernier mot par Besse :

– Je vous demande sincèrement pardon, madame.

J'acceptai son pardon sans réfléchir, certainement parce que ses mots furent les seuls à me rappeler que j'étais une victime.

De retour près de l'avocate, j'étais effondrée et en larmes.

Elle me prit par les épaules pour me réconforter et je sentis également derrière moi une main affable, c'était celle de la journaliste de *Sud-Ouest.*

Pendant le laps de temps entre les témoignages, je répondis aux regards du « petit ». Je le dévisageai même.

Seules ses épaules dépassaient du box. Il portait une veste noire qui recouvrait une chemise blanche, toutes deux se terminant au cou par un col Mao. Certes il avait changé en vingt ans, mais malgré des cheveux blancs coupés en brosse et une petite barbe lui donnant l'air d'un sage, le sourcil restait le même.

Jean-Claude pénétra à son tour dans la salle de tribunal. Il parut tout de suite désemparé et se mit immédiatement à bégayer. Puis, à la première question, il éclata en sanglots.

Après vingt-quatre ans de retenue, la terreur se libérait enfin. Le voir ainsi perdu dans des réponses balbutiantes me déstabilisait totalement. Je me mis alors à fixer Besse comme pour lui faire ravaler ses excuses. Le mal qu'il nous faisait encore aujourd'hui, je ne lui pardonnerais jamais. Quant à Mesrine, l'icône des intellectuels branchés, je le maudirais jusqu'à mon dernier soupir.

Il nous fallut plusieurs semaines avant de nous remettre de cette audience. Le retour à Bordeaux m'apparut comme une libération conditionnelle. Il ne nous restait plus qu'à attendre le verdict et à espérer voir Besse accomplir une peine digne de ses frasques audacieuses.

Nous apprîmes par les journaux que le jury était composé de six femmes et de trois hommes… Nous ne les avions pas remarqués.

Nous apprîmes également que, la veille de notre témoignage, les époux Lelodet avaient eux aussi été malmenés par le magistrat. Le seul tort de cette famille avait été de se trouver sur le chemin de la cavale de Mesrine et Besse après l'attaque du casino de Deauville. Une famille entière séquestrée à son domicile alors que, plus bas, dans le bois entourant leur maison, une centaine de gendarmes battait la campagne sur les traces des hommes blessés par balles.

La presse, quant à elle, faisait preuve de beaucoup de complaisance envers Besse. Elle brossait le portrait d'une « star » au faciès sympathique et à l'allure d'un repenti modèle. Modèle, comme la maison d'arrêt de Gradignan avant qu'elle ne l'accueille pour deux brefs séjours. Et les jurés semblaient être tombés sous le charme de ce « bandit d'honneur », comme il s'était autoproclamé sur la couverture de son livre[5].

---

5. *Je suis un bandit d'honneur*, Paul Legrain, 1984.

Propos de François Besse

– [...] À notre sortie du casino de Deauville, nous fûmes surpris par la présence de la police à l'extérieur. J'exécutai un tir de barrage pour stopper leur progression. Un policier embusqué me prit alors pour cible, me blessa à la jambe et fit éclater d'une rafale de mitraillette la crosse de la deuxième arme que j'avais fixée sous mon aisselle. À ce moment-là, Jacques a pris la relève et s'est mis à tirer en direction de la police. En passant devant lui, je lui dis que j'avais été touché et il me répondit que lui aussi. Je me mis au volant de la voiture et nous arrivâmes à semer la police en empruntant un itinéraire préalablement étudié. [...] Plus loin, nous sommes tombés sur un barrage de gendarmerie, j'ai ralenti. À une dizaine de mètres du premier gendarme, j'ai fait parler toute la puissance du moteur. Jacques a semé la confusion en tirant dans leur direction, la réaction ne s'est pas fait attendre, une rafale de mitraillette s'est perdue dans le moteur alors que la lunette arrière et le pare-brise volaient en éclats. Jacques s'est rassis, il avait été touché dans le dos. Heureusement, il fut en partie protégé par le gilet pare-balles.

On s'y serait cru ! Avec un peu d'imagination, on eût pu percevoir les crissements de pneus sur l'asphalte, entendre les balles siffler dans l'habitacle du véhicule, ou même reconnaître la voix de Mesrine au milieu de cette cavale dans la campagne normande.

Mais qui donc avait tiré sur la touriste anglaise aux abords du casino ?

L'histoire ne le disait pas et ainsi, au bénéfice du doute, Besse perpétuait sa réputation de l'impossible avec vigueur et conviction aux jurés, il allait obtenir bien plus.

Deux innocents sévèrement touchés lors de l'attaque à Deauville, une évasion à sensation de la prison de la Santé avec Mesrine, deux prises d'otages à un mois d'intervalle, cinq condamnations par contumace dont une à la peine de mort et deux autres à perpétuité, tout ça pour en fin de compte entendre les jurés prononcer une peine de huit ans. Besse serait donc libre en 2007 (il était en conditionnelle au vu de sa métamorphose) et pourrait même demander sa liberté conditionnelle en 2005…

Nous étions bien rentrés dans une société de tolérance. Une indulgence réservée aux beaux parleurs, aux brigands médiatiques, intelligents et capables de métamorphose.

Qui sait ! Peut-être les jurés s'étaient-ils laissé abuser par un bandit d'une autre époque. On évoquait un temps marqué par les pantalons à à pattes d'éléphant, les chemises cintrées aux cols pelle à tarte, les poursuites en Simca 1000 dans les rues de Paris, les fuites à bord de R8 Gordini aux roues tombant à l'oblique sur l'asphalte et les pointes de vitesse à travers une campagne sillonnée par de rares estafettes de gendarmerie.

La disparition de tous les repères liés à cette époque signifiait sans doute pour les membres du jury un temps révolu dont les événements s'y rapportant relevaient du folklore. On évoqua ses six évasions de Paris à Bordeaux, de Bruxelles à Madrid, mais aussi les indices qu'il avait semés afin qu'on puisse croire à sa mort. Comme une ironie du sort, ce procès était également en quelque sorte celui de la justice de cette époque. De ces années où les grandes oreilles d'Alain Peyrefitte faisaient rire, mais durant lesquelles ses réformes faisaient peur. Les années 1970 laissaient volontiers l'opinion publique prendre fait et cause pour les truands aux cheveux longs et aux moustaches fournies. Ils représentaient les Robin des Bois des Temps modernes, les rebelles d'une société injuste.

Comme le disait avec une certaine reconnaissance dans la voix l'expert psychiatre chargé d'analyser le personnage, l'enfant de Cognac systématiquement relégué au fond de la classe était devenu un adulte intelligent et cultivé. Au président qui s'inquiétait de savoir s'il se voyait un avenir – comme quoi il avait un bon fond, en somme –, Besse répondit que chaque jour il découvrait de plus en plus de choses à accomplir pour ceux qu'il aimait ainsi que pour la société.

Il fallut bien admettre le verdict sans autre forme d'acceptation que celle de croire dans le bien-fondé de l'indulgence.

Manifestement, il fallait se rendre à l'évidence : les nombreux témoignages à décharge avaient fait pencher la balance d'un côté inattendu. Parmi ceux-ci, Besse put compter sur un ancien directeur de prison. Mais au-delà de la mansuétude de quelques-uns, il promit d'abord de ne pas chercher à s'échapper de nouveau, se déclarant rangé des voitures.

Mon entrée dans la salle d'audience me hanta bien des nuits. Grâce à l'expérience acquise durant toutes ces nuits blanches, j'étais désormais capable de répondre avec tact aux piques impertinentes lancées par le président.

Au cours de mes nuits les plus agitées, je lui demandais de se mettre à ma place, de ressentir à son tour l'impression laissée par un pistolet brandi à bout portant par un criminel sans Dieu ni maître.

Dans mes rêves, je voulais l'entendre s'excuser de la manière dont il m'avait traitée. Dans mon élan, je soutenais le regard de Besse jusqu'à ce qu'il ait honte et finisse par laisser tomber sa tête entre ses mains.

J'allais même au bout de mes actes en lui demandant de relever la tête et en lui disant calmement :

– Moi, monsieur, je suis une victime d'honneur ! Je vous regarde et plus je vous regarde, plus je vous plains. Qu'il doit être difficile de penser que, même libre, vous aurez toujours, aux yeux de beaucoup, la faiblesse de vous être un jour associé au diable. Dans votre étude de la philosophie, laissez donc une place aux souffrances endurées par les victimes. Quant à moi, je vois en vous le même homme que ce matin d'été. Vos cheveux blancs ne sont pas une excuse à mes yeux, mais ils pourraient bien apparaître à ceux qui vous jugent comme étant le meilleur témoignage à décharge. Jamais je ne vous oublierai.

Même dans mes rêves, je n'étais pas assez stupide pour le voir verser une larme, mais avec le recul je reste persuadée que, quelque part, cet épisode ternit l'image qu'il aurait voulu laisser de lui, tant il s'évertuait à se présenter comme un bandit aux mains propres.

Il y avait une chose que je ne parvenais pas à m'expliquer : lorsqu'il m'avait demandé d'accepter ses excuses, j'avais répondu sans hésitation par l'affirmative, alors qu'au fond il m'était impossible d'accorder le pardon. Peut-être m'avait-il encore impressionnée par son regard profond ? Un regard qui était allé creuser loin dans mes entrailles. Il possédait le pouvoir inné de connaître ses victimes sur le bout des doigts. Vingt-quatre ans après nous avoir tatoué l'âme, il parvenait encore à faire de moi une proie fragile capable de pardonner devant un tribunal tout acquis à la cause de la réinsertion.

Le syndrome de Stockholm, voilà le nom du mal qui ronge les otages des années durant. Il me suffisait de relire les articles de l'époque pour m'apercevoir des aberrations de mes témoignages. Dans le feu de l'action, j'avais parlé de bandits seigneurs au grand cœur. Ces qualificatifs nous avaient valu des appels anonymes, alors que, à présent que mes rancœurs s'exprimaient, notre entourage trouvait exagéré d'en vouloir à des hommes devenus des mythes.

Au cours des années suivantes, nous fûmes à plusieurs reprises sollicités pour des émissions télévisées, des interviews-reportages ou pour avoir un droit de regard sur des scénarios plus ou moins bien léchés. En fin de compte, nous n'acceptâmes que de témoigner à visage caché dans l'émission *Faites entrer l'accusé.*

Nous regardions régulièrement cette émission car elle nous semblait bien menée. Les investigateurs allaient au-delà du traitement des affaires au moment où elles se trouvaient sous les feux de l'actualité. Toutes celles que nous avions vues semblaient replacer sans parti pris les faits dans leur contexte.

Celle dans laquelle nous apparûmes telles des ombres retombait dans les travers de l'héroïsme des truands. Il semble visiblement impossible de pratiquer l'information sans garder un ton neutre, sans placer des accents toniques sur des chiffres pour les rendre plus éloquents, sans employer de superlatifs lorsqu'il s'agit d'une sixième évasion, sans saluer avec reconnaissance le parcours d'un détenu pendant son séjour en prison.

Je me rendais compte à quel point le citoyen ordinaire passe inaperçu. Je comprenais qu'il était désormais banal d'être otage. Je n'en voulais pas à la presse, ou, si je leur en voulais, c'était seulement à cause de leurs priorités du moment. En 1978, les prises d'otages étaient assez rares pour être mises en lumière. 2006 laissait augurer la réinsertion et l'intégration comme des tendances médiatiques incontournables.

Notre histoire ressemblait un peu à ces rétrospectives dont on rit le samedi soir. Nous appartenions désormais au passé. En revoyant les images de ces années avec nos amis, nous les regardions sourire devant les Simca 1000, les agents de police coiffés de hauts képis et vêtus de cirés noirs. Tout ce que l'on gardait des extraits de l'époque, c'était la couleur criarde des chemises cintrées, les coiffures féminines semblables à celles des speakerines, ou bien encore l'air égaré des derniers soixante-huitards. Nous étions devenus, nous aussi, des souvenirs en noir et blanc, des « Enfants de la télé ».

Depuis le procès, il m'arrivait de plus en plus fréquemment d'imaginer à quoi pouvait bien ressembler le quotidien de Besse. Je me le représentais dans une cellule un peu mieux aménagée que celles des autres. Je le voyais à l'heure de la promenade arpenter la cour avec toujours le même détenu à ses côtés : un type collant dont il ne parvenait pas à se dépêtrer. Je voulais que, durant toutes ces nuits, ces longues nuits perturbées par les allées et venues du « yoyo » contre les murs, il se rappelle le regard de chacune de ses victimes, qu'il entende en boucle leurs supplications, leurs prières et leurs pleurs. Je voulais aussi qu'il parvienne à ressentir le tremblement intérieur de ses proies lorsqu'il brandissait le canon menaçant de son arme.

Pensait-il à s'évader une nouvelle fois ?

À remettre ça ?

Donnait-il des conseils aux petites frappes ?

Je veux bien présumer de tout, mais nous ne saurons jamais de quoi ses nuits furent peuplées, et je ne peux pas croire que certains fantômes ne se soient pas glissés certains soirs entre les quatre murs de sa geôle.

Jean-Claude et Florence restèrent toujours très discrets sur tous ces événements. Entre nous, nous n'en discutâmes que rarement durant toutes ces années. Ce fut très certainement une erreur, car sous le prétexte sourd de nous préserver, nous ne sommes jamais parvenus à exorciser nos traumatismes.

Nous devons certainement notre unique forme d'extériorisation aux amis qui nous invitèrent à dîner pour nous présenter comme les héros vivants d'une aventure extraordinaire. Sans le savoir, ils furent des psychanalystes, certes ni très habiles ni franchement délicats, mais grâce à leur soif de curiosité, nous sommes parvenus à parler.

Aujourd'hui, les choses sont différentes. Le temps nous a ouvert les yeux. Il y a ceux qui nous apprécient pour ce que nous sommes et les autres, ceux pour qui nous serons éternellement une source de conversation facile.

L'histoire et le temps nous ont assignés au banc des insignifiants. Un film en deux parties inspiré du « fameux » livre de Mesrine (*L'Instinct de mort*) sort en octobre 2008. Avec Vincent Cassel dans le rôle principal, « l'auteur » nous fait un ultime pied de nez. Il sera parvenu à mettre sa vie – vraie ou fausse – en scène.

Condamné à l'enfermement grâce aux conditionnelles, François Besse est libre depuis le 27 février 2006 à 5 heures du matin. Sortir d'une maison d'arrêt par la grande porte fut pour lui une première.

Il est opérateur du son diplômé et a immédiatement été embauché par une association pour réparer des ordinateurs.

À ma connaissance, ses dernières confidences font état de sa mutation. Il confie, lors du procès, les méthodes grâce auxquelles il est parvenu à découvrir une autre facette de sa personnalité, celle qu'il ignorait, tout comme ses victimes :

« Il m'a fallu réfléchir, je me suis donc mis en danger pour opérer la métamorphose de mon corps et de mon esprit. J'ai commencé par le rachitisme et mon côté frileux. Je me suis mis à marcher pieds nus, été comme hiver, dans des sandales, et plus jamais je ne me suis enrhumé. Puis j'ai baissé la température des douches, et maintenant je la prends froide tous les matins. Mon corps réagissant différemment, j'ai découvert mon intelligence, recouverte jusqu'à présent. À présent, j'essaie d'être, tout simplement. »

Les paroles sont belles ! Je veux me forcer à croire que tout cela est vrai... que sa volonté d'être sera plus forte que les démons qui hantent inlassablement les ex-détenus. Mais que l'on cesse à présent de parler de lui comme d'un type exemplaire. C'est désormais un homme comme les autres, qui se lève tous les matins pour aller travailler... Rien d'exceptionnel à cela !

Il rentre chez lui le soir, allume la télé et s'aperçoit que les braquages se font maintenant depuis la maison, à coups de clics de souris. Monsieur Besse ! J'ose espérer que si ces méthodes avaient été réalisables de votre temps, vous auriez volontiers troqué le revolver contre un ordinateur.

Il a découvert l'intelligence, tout du moins la sienne ! Je regrette, dit-il ! Il voudrait sans doute laisser planer une ombre de bêtise sur ses actes passés. C'est évidemment une façon bien habile de peser davantage sur la rédemption. Ses admirateurs, qui bien souvent s'ignorent, y croient peut-être. Quant à nous, nous savons, tout comme lui, que ses méfaits n'ont jamais été l'œuvre d'un niais.

La découverte qu'il va faire, c'est celle d'une réalité quotidienne pas toujours confortable. Sa recherche spirituelle lui a-t-elle enseigné comment fonctionnent les gens ordinaires ?

On peut bien lire tous les livres que l'on veut entre les quatre murs d'une prison, s'entraîner à convertir les francs en euros, se tenir informé des dernières tendances, réfléchir à ses premiers pas dans le monde de la réalité, mais parvient-on vraiment à se persuader de sa propre métamorphose ?

Je veux espérer qu'avec un baccalauréat littéraire en poche il saura, si l'occasion se présente, interpréter mes paroles avec la philosophie qui s'impose. Il n'y a rien à lire entre les lignes. Le temps n'efface rien, il farde simplement les séquelles.

Le 30 juin de chaque année, nous affichons des faux-semblants qui ne trompent personne. Le début des vacances a toujours un goût amer, et lorsque nous revenons dans la capitale, nos mains se crispent à la moindre sirène de police.

J'ai cru qu'un jour il me serait possible d'oublier ce triste anniversaire, et j'espère secrètement qu'avant ma mort un événement viendra donner à ce jour une saveur plus plaisante.

Depuis la cuisine de notre appartement bordelais, je regarde parfois machinalement par la fenêtre si tout est calme au pied de l'immeuble. Je ne parviens pas à domestiquer cette habitude ridicule, je vis avec.

Lorsque des voisins rentrent tard au milieu de la nuit et que leurs voix résonnent dans la cage d'escalier, je remonte instinctivement les draps au-dessus de ma tête.

Mesrine avait raison ! À cause d'eux, ma vie a changé.

Tout fut longtemps un prétexte à la méfiance, et il m'a fallu tester pas mal d'autothérapies avant de trouver celle qui ne me ferait pas sombrer dans la paranoïa.

Aujourd'hui, on sacrifie sa vie au nom d'un Dieu improbable et au détriment de femmes, d'enfants et d'hommes dont le seul tort est de croiser la route de ces fanatiques... La guerre du bien contre le mal a encore de beaux jours devant elle.

Et vous dans tout ça, monsieur Besse ! Vous méditez ? Nous avons sensiblement le même âge, et pourtant tout nous sépare. Vous commencez à travailler alors que de notre côté nous avons rempli notre mission. Il n'est rien de plus cher que la liberté. Savourez-la. Il m'arrive encore de juger la vôtre comme une fuite légale. Comme si les portes s'étaient ouvertes un matin de février, à l'aube, discrètement, pour mieux vous faire apprécier le jour qui se lève.

Avez-vous constaté comme l'air est plus enivrant quand on peut voir le ciel ? Comme il est agréable de ne rien avoir à redouter ? Je serais ravie si, en vous promenant, l'esprit ainsi délesté de mille fardeaux, vous pouviez comprendre combien nous aussi nous souhaiterions être libres.

Postface de Me Jérôme Kuznik, avocat à la cour de Bordeaux [6]

À de rares exceptions près, qui se souvient du nom de la victime dans un procès pénal ?

Le procès pénal paraît se caractériser par la place prépondérante, presque exclusive, que semble tenir l'accusé, le prévenu au regard de la victime.

6. Avocat de Jeannine Martigny auprès de la C.I.V.I. (Commission d'indemnisation des victimes d'infractions).

À l'inverse, il est fréquent que le nom de l'accusé demeure attaché pour la postérité aux grandes affaires criminelles.

Certains accèdent même à une notoriété intemporelle confinant au mythe, presque starifiés auprès d'un public fasciné.

Jacques Mesrine est certainement l'une de ces icônes criminelles atypiques de ce siècle, dont la fascination exercée sur le public demeure intacte trente années après qu'il a sévi, et dont le souvenir est régulièrement ravivé par une large couverture médiatique.

Son compagnon d'armes à la fin des années 1970, François Besse, surnommé « le roi de l'évasion », « le petit François » ou encore « l'anguille », lui, a survécu et contribue à perpétuer ce mythe, lui donnant une dimension nouvelle.

Ce bandit dont le nom était accolé à celui de Jacques Mesrine ou à celui du « gang des postiches », dans la veine du grand banditisme panaché, et qui avait enchaîné les braquages et les évasions sans avoir personnellement de sang sur les mains, paraît aujourd'hui faire figure de repenti modèle, au terme d'une reconversion entamée en prison, où il a notamment étudié la philosophie et mené une réflexion sur le sens à donner à sa vie.

Certains, pour évoquer cette reconversion, n'hésiteront pas à la qualifier de « métamorphose[7] ».

Après plusieurs années de cavale, lors de son procès devant la cour d'assises de Paris en 2002, François Besse est revenu sur son parcours sans renier ses antécédents, expliquant : « Aujourd'hui, mon regard sur cette époque est sans conteste un jugement négatif. Je ne revendique rien, je ne peux être un modèle dans cette révolte, je me suis trompé. »

Désavouant son passé sans le renier, François Besse revendiquait un avenir.

Condamné à une peine de huit ans d'emprisonnement après avoir subjugué son auditoire

7. Mathieu Delahousse, *François Besse : la Métamorphose d'un lieutenant de Mesrine*, Flammarion, 2006.

par la sagesse dont il témoignait en évoquant son parcours, il a finalement bénéficié d'une libération conditionnelle le 27 février 2006.

Il reviendra sur son cheminement aventureux et sa repentance en rédigeant un ouvrage dans lequel il se désigne comme étant un « bandit d'honneur[8] ».

Quel regard porter sur cette déclaration ?

Ce point de vue sera certainement nuancé suivant qu'il émane d'une opinion publique fascinée par ces bandits d'une autre époque présentée comme révolue, voire complaisante envers eux, ou des malheureuses victimes de ces derniers.

La fascination exercée par l'auteur de tels méfaits et son parcours parfois glorifié peut effectivement paraître indécente et déplacée, confrontée à la souffrance des victimes.

L'avocat général Philippe Bilger a remercié François Besse d'avoir montré que « le crime

8. François Besse, *Je suis un bandit d'honneur*, Paul Legrain, 1984.

toujours est laid, et que les criminels, jamais, ne peuvent être admirés ».

Aucun crime ne saurait être glorifié ni même dédramatisé… parce qu'il y a une victime.

Cette réflexion conduit à s'interroger sur la place qu'occupe aujourd'hui la victime dans le procès pénal, dont on a souvent dit qu'elle était la « véritable oubliée » (Robert Cario).

La victime, qui apparaissait bien délaissée dans l'ancien droit, a toutefois vu son statut évoluer dans le droit pénal contemporain, qui a tenté de la réintégrer au procès pénal.

La prise en considération de la victime a effectivement été profondément bouleversée au cours de la seconde moitié du XXe siècle.

D'une époque où la victime menait son propre procès, animée par un désir de vengeance privée dans le cadre d'une procédure accusatoire, celle-ci s'est vu déposséder de son procès par l'émergence de la poursuite publique, avec la poursuite d'office par le juge seigneurial puis royal, entre le XIe et le

XIIIe siècle, avant d'être incarnée par le procureur du roi dès le XIVe siècle.

Dès lors, la place occupée par la victime dans le procès devenait parfaitement secondaire, s'effaçant devant le monopole de la poursuite publique.

Il faudra attendre une jurisprudence de 1906 pour que la victime puisse à nouveau déclencher l'action publique en ayant la possibilité de la mettre en mouvement devant le juge d'instruction, là même où le parquet n'avait pas jugé opportun de poursuivre.

Ce n'est qu'en 1921 que la victime a pu bénéficier des droits accordés au prévenu dès 1897, comme le droit à l'assistance d'un avocat.

En 1977 fut créée la Commission d'indemnisation des victimes d'infractions.

La loi du 15 juin 2000, destinée à renforcer la présomption d'innocence et, afin de contrebalancer celle-ci, le droit des victimes, qu'elle nommait pour la première fois en tant que tel, n'apportera pourtant pas de bouleversements majeurs, faute de création d'un dispositif novateur et cohérent qui viendrait véritablement renforcer le droit des victimes.

Néanmoins, le mot « victime » fait son apparition dans le titre du Code pénal, sans pour autant que le droit des victimes parvienne à se hisser au rang des droits de la défense.

Le procès pénal ressort d'une action entreprise par le ministère public afin de défendre les intérêts de la société qui a été lésée dans son ensemble.

Quelle que soit l'ampleur du préjudice subi par la victime, c'est donc bien la société qui est concernée par le procès pénal, que la victime ne saurait privatiser afin de satisfaire un désir naturel de vengeance privée, quand bien même, de son point de vue, ou de celui de l'opinion publique qu'elle tente d'interpeller à l'occasion du procès, celui-ci paraîtrait presque légitime.

Telle n'est pas la fonction du procès pénal, dont le rôle est de défendre l'ordre social, et non des intérêts privés.

C'est à la société qu'appartient la peine, même devant les exhortations des victimes parties civiles dans l'attente du prononcé d'une peine qui assouvirait un certain désir de vengeance.

Les intérêts privés de la victime se restreignent alors à l'indemnisation de leur préjudice.

Pourtant, conformément à la loi sur la récidive du 12 décembre 2005, il a été ajouté à l'article 132-24 du Nouveau Code pénal – lequel stipule que, « dans les limites fixées par la loi, la juridiction prononce les peines et fixe leur régime en fonction des circonstances de l'infraction et de la personnalité de son auteur » – un alinéa selon lequel « la nature, le quantum et le régime des peines prononcées sont fixés de manière à concilier la protection effective de la société, la sanction du condamné et les intérêts de la victime… »

Le procès pénal contemporain paraît donc bien devoir confronter deux parties privées et une partie publique.

Le serment prêté par les jurés d'assises, aux

termes duquel ils s'engagent à ne trahir « les intérêts ni de l'accusé ni de ceux qui l'accusent », est même complété par l'obligation de ne pas trahir non plus ceux de la victime.

La médiatisation du procès aura sûrement contribué à cette revalorisation du rôle de la victime, du fait de l'impact émotionnel ainsi généré sur l'opinion publique par l'exposition de sa douleur déchirante et de sa parole forcément bouleversante.

La victime a besoin de dire sa souffrance et en appelle à la compassion de la collectivité.

D'une certaine manière, la victime aspire inconsciemment à légitimer son désir naturel de vengeance en cherchant un soutien dans l'indignation populaire.

Les jurés eux-mêmes doivent affronter cette tentation de la compassion et de l'indignation pour ne pas oublier que le doute doit profiter, en tout état de cause, à l'accusé présumé innocent.

C'est toute la difficulté du procès pénal que de composer avec les intérêts parfois antagonistes de la victime et de la société, en se tenant à l'écart de la privatisation de l'action publique.

Du point de vue des victimes, le procès pénal, qui caractérise leurs espoirs de reconnaissance, débouche très souvent sur une profonde frustration.

Dans le procès pénal, ce sont surtout des explications qu'attendent les victimes, ainsi qu'une consécration de leur statut, notamment devant les dénégations d'un accusé se refusant aux aveux.

La sanction pénale permettra à la victime atteinte dans sa dignité et sa personne d'être reconnue en tant que telle.

Il ne doit pas être perdu de vue que le respect de présomption d'innocence bénéficiant à tout accusé jusqu'à ce qu'une juridiction le déclare coupable confère nécessairement à la victime un statut ambigu dans le procès, dès lors qu'elle ne sera véritablement consacrée en tant que telle que concomitamment à la condamnation de son agresseur.

Le procès constitue dès lors une étape essentielle dans la reconstruction de la victime, qui mettra parfois des années à surmonter sa souffrance et à cicatriser ses blessures, tant le traumatisme est profond.

La faculté d'une victime à affronter son douloureux passé diffère en effet d'un individu à l'autre.

Le procès pénal et le prononcé de la culpabilité assortie d'une peine devenue définitive ne règlent donc pas définitivement le sort de la victime, lequel pourra parfois rester longtemps attaché à celui du condamné.

Il y a un procès et un après-procès.

La possibilité offerte à la victime d'obtenir un droit de réparation effectif et rapide de son préjudice devant la Commission d'indemnisation des victimes d'infractions a largement contribué à l'affranchir de son agresseur, dont l'insolvabilité ne lui permettait pas d'obtenir la juste réparation de son préjudice… ce qui avait des effets souvent désastreux dans son rétablissement psychologique.

Qu'un événement survienne pour tirer le condamné du silence de sa détention, et c'est le souvenir douloureux des faits qui risque de refaire brutalement surface chez une victime toujours convalescente.

L'exposition médiatique du condamné purgeant ou ayant purgé sa peine peut suffire à raviver un souvenir douloureux à peine enfoui, notamment lorsque la souffrance a été occultée faute d'avoir été soignée grâce à la mise en œuvre d'un suivi psychologique approprié.

Ainsi, la victime qui n'a pu chasser ses démons continuera à voir dans le condamné un démon personnifié, d'autant qu'elle n'en aura pas suivi le cheminement durant l'exécution de sa peine.

Il est alors extrêmement délicat pour la victime, dans ce contexte, d'appréhender l'inéluctable libération de son agresseur, voire d'accepter l'idée de sa réinsertion sociale.

Pourtant, il lui faudra bien admettre que l'aveu et les remords vainement attendus lors du procès, dont la sincérité paraîtrait en outre douteuse, importent moins que la réflexion qui pourra, le cas échéant, s'ensuivre chez son agresseur sur les actes qu'il a commis.

Le procès n'est effectivement pas qu'une affaire de culpabilité consacrée.

C'est surtout une affaire de responsabilité, au sens où il doit amener l'accusé à rendre compte de ses actes et à les considérer dans la recherche d'explications.

Cette responsabilité assumée a des effets d'apaisement de la culpabilité et apparaît comme humanisante.

Seulement, la victime ignorera le plus souvent tout de cette démarche intérieure effectuée par son agresseur, souvent bien après son procès.

Cette introspection sur sa responsabilité à laquelle celui-ci se livrera peut-être, seul ou accompagné, au gré des thérapies auxquelles il aura accepté de se soumettre dans le cadre de l'exécution de sa peine, constitue une étape fondamentale dans sa réinsertion.

Avant même d'envisager le stade ultime de la réhabilitation ou d'une rédemption quasi religieuse, il apparaît surtout fondamental que le coupable proclamé vienne à résipiscence (du latin *resipiscere*, « revenir à soi »), c'est-à-dire reconnaisse ou soit amené à reconnaître sa faute avec la volonté de s'amender.

Qu'il vienne ou soit amené à résipiscence, c'est à cette seule condition que le coupable condamné, même ayant purgé sa peine, pourra véritablement prétendre s'être amendé de la faute commise.

Lors de son procès devant la cour d'assises de Paris en 2002, François Besse a déclaré, s'adressant à l'avocat général Philippe Bilger au lendemain de ses réquisitions modérées : « Hier, monsieur l'avocat général, vous avez lancé comme un espoir pour moi, et cet espoir, je ne peux l'accepter pour moi-même. Je voudrais qu'il soit pour tous ceux qui sont sur un mauvais chemin et qui peuvent penser que quelque chose peut changer. Je voudrais être cet exemple-là. »

Une page est tournée, et, sa liberté recouvrée, il appartient à François Besse d'honorer cet engagement.

Citant André Gide, l'avocat général a conclu son réquisitoire en lançant à François Besse : « Obtiens-toi ! »

Alors seulement le pardon des victimes devient accessible.

Collection « Coup de gueule »
dirigée par Jean-Claude Gawsewitch

Alexandre Adler, Gilles-William Goldnadel, *Conversation sur les sujets qui fâchent*
Emmanuel Altit, *Dans les Geôles de Kadhafi*
Olivier Bardolle, *Éloge de la graisse*
Guy Baret, *Confessions d'un journaliste lamentable*
Jean-Paul Brighelli, *La Fabrique du Crétin*
Jean-Paul Brighelli, *À Bonne École*
Jean-Paul Brighelli, *Une École sous influence*
Jean-Paul Brighelli, *Fin de récré*
Stéphane Bugat, *Et si la Gauche changeait…*
Bernie Ch., *Lettre à l'Élu*
Emmanuel Dang Tran, *Les Paris de Delanoë*
Bernard Debré, *La Véritable Histoire des génocides rwandais*
Dominique Decèze, *France Telecom, La Machine à broyer*
Dominique Decèze, *Haute Tension à EDF-GDF*
Dominique Decèze, *Services publics, la grande braderie*
Pierre Delval, Guy Zilberstein, *La Contrefaçon, un crime organisé*
Caroline Derrien, Candice Nedelec, *Sarkozy et les femmes, un homme sous influence*
Gérard Filoche, *On achève bien… Les inspecteurs du travail*
Gérard Filoche, *La Vie, la santé, le travail sont précaires. Pourquoi le travail ne le serait-il pas ?*
Gérard Filoche, *Mai 68 : Histoire sans fin*
Gérard Filoche, *Les Caisses noires du patronat*
Jacques Gaillot, *Carnets de route*
Thierry Gerber, Violences contre agents
Guy Konopnicki, *Prix littéraires, la grande magouille*
Amely-James Koh Bela, *Mon Combat contre la prostitution*
Roger Lenglet, *Profession corrupteur*
Jean-Louis Levet, *GDF-Suez, Arcelor, EADS, Pechiney… les dossiers noirs de la droite*
Michel Malaussena, *Les Animatueurs*
Marie-Noëlle Lienemann, *Non et après*
Marie-Noëlle Lienemann, *Le Scandale du logement*
Maurice T. Maschino, *Un Geste ordinaire*
Maurice T. Maschino, *L'École de la lâcheté*
Patrick Maugein, *Ouï-dire sur la mort*
William Nasarre, *Confidences dérangeantes d'un homme d'église*
Rosemonde Pujol, *Un Petit Bout de bonheur*
Rosemonde Pujol, *Le Vingtième sexe*
Barbara Romagnan, *Du Sexe en politique*
Jean-Luc Romero, *La Nuit des petits couteaux*
Jacques Séguéla, *Tous ego*
Régis Sérange, *Flic de supermarché*

Composition et mise en pages : FACOMPO, LISIEUX

Achevé d'imprimer par Corlet, Imprimeur, S.A. - 14110 Condé-sur-Noireau
N° d'Imprimeur : 115412 - Dépôt légal : septembre 2008 - *Imprimé en France*